響け、わたしを呼ぶ声

勇気の人　干刈あがた

小沢美智恵

八千代出版

目次

装幀　大角　とほる

響け、わたしを呼ぶ声

——勇気の人　千刈あがた

第一章　父と故郷の島

——私はやっと父を棄てた。

いいえ、自分に与えられたものを負っていこうとしていた自分を棄てたの。

（「しずかにわたすこがねのゆびわ」）


「こんなものがあったよ」

と、夫が目の前に一冊の本を置いたのは一九九九年十月のことだった。

沖永良部島《おきのえらぶじま》に住む祖母《あじ》が亡くなり、夫は葬儀に参列するため三日ほど故郷の島に帰っていたのだが、黒糖焼酎やパパイアの漬物といった島の特産品とともにそれを持ち帰ったのである。

テーブルに置かれた本を見て、わたしは思わずあっと声をあげた。

色あせた畳のうえに日本人形が横たわるセピア色の表紙に、真紅の縦文字で「ふりむんコレクション　島唄」と印刷されたその本は、わたしがかねてから実物を見たいと願っていた「幻の本」だったからだ。

富士高校 PTA 主催の講演会で

作者名は浅井和枝。

一九八二年、「樹下の家族」で海燕新人文学賞を受賞し、「ウホッホ探険隊」（83、芥川賞候補）、「ゆっくり東京女子マラソン」（84、芥川賞候補、芸術選奨新人賞）、「しずかにわたすこがねのゆびわ」（85、野間文芸新人賞）、「黄色い髪」（87、『朝日新聞』連載）など、話題作を残して逝った、後の小説家・干刈《ひかり》あがたである。

彼女は一九四三年、東京府西多摩郡青梅町勝沼（現青梅市）生まれ。早稲田大学第一政経学部新聞学科を中退後、大正製薬でコピーライターとして働き、二十四歳で結婚。十五年の専業主婦生活の後、最初の文学賞受賞に後押しされるように三十九歳で離婚。以後二人の息子を育てながら、女性の自立や「家族とは何か」という問題を中心にした小説を書き、四十九歳で胃癌のため

「幻の本」の表紙コピー

この世を去った。一九九二年のことである。

夫が持ち帰ったのは、この干刈あがたが文壇にデビューする二年前の文学的出発ともいえる著書で、タイトル中の「ふりむん」とは島言葉で「気がふれた者」という意味、その島とは、彼女の父母の生まれ故郷、奄美諸島の南西部に位置する沖永良部島のことである。

人口約一万五千人、周囲四十キロメートルのこの小さな島は、島人が内地に出て何十年経とうと「故郷」としての機能を失わない島だ。

この島では日本人は三種類に分かれる。島に住む「島人《しまんちゅ》」、島を出て他の土地で暮らす「旅人《たびんちゅ》」、それ以外の「大和人《やまとんちゅ》」である。島で使われる「旅」という言葉は、一般的に使われている「旅」とはかなり違う語感を持っている。先の『ふりむんコレクション　島唄』の中で、干刈は次のように書いている。

どうやらタビというのは、単なる船旅とか旅立ちの旅だけではなく、島に対しての本土、本土での暮らし全体をも指しているらしい。本土で二十数年暮らしてもそれは旅、そこで子を生んでもそれは旅の子、帰るべき地は島である。タビはそういう意味であるらしいことがわかった時、私の中で何かが揺れた。（「暗い唄の旅」）

そして、島出身者が帰島した際に開かれる「船迎《ひなむけ》」という歓迎の宴で、黒糖焼酎がまわり、踊る人に合わせて皆が歌う「島唄」を聞きながら、こんな感情にとらわれるのである。

さっきから揺れはじめていたものが、急にどっと崩れた。手足がふるえて、あとからあとからこみあげてくるものを押さえることができない。私は片手で眼を覆ってうつむくと、すすり泣きはじめた。自分でもその反応におどろきながら、泣きやむことができない。けれど意識はどこか醒めていて、私が泣いているのではなく私の血が泣いているのだ、という気がしていた。

そしてかすかに一条、こんなことを考えていた。父は、いつか長い旅から帰ることがあるのだろうか。どんなに長く本土に暮らしてもそれは旅で、いつも島に待たれてあるというのは、なんてつらいことなのだろうと。

たしかに「島」には不思議な磁場がある。

わたしの夫も干刈と同じ沖永良部二世だが、小学生で島を離れ、以後四十年以上内地の暮らしが続くのに、心は依然として、「島人」にも「大和人」にもなれない「旅人」だ。島には何度かしか帰ったことのない息子と娘も、蛇皮線の音を聞くと「血が騒ぐ」などという。

「この本どこにあったの？」

いささか興奮して訊くわたしに、夫は、帰島した際訪問した知り合いの家で見つけたのだといい、こう念を押した。

「干刈あがたの従妹の家なんだ。以前は何冊かあったらしいけど、今は一冊しかないというからね、借りてきただけだよ」

島でもコピーはとれただろうに夫がわざわざ借りてきてくれたのは、わたしが干刈の愛読者であることを知っていたからだ。

「新人賞を受賞する二年前に、本名で自費出版した本なんだって。少部数しか作らなかったらしいから実物はなかなか見られないだろうと思って……」

それはたしかに貴重な本だった。

一九八〇年、五百部だけ自費出版されたその本は、彼女の父親の逆鱗にふれ、大方は焼却処分されてしまったからである。

このとき彼女は三十七歳。二十四歳で結婚した夫・浅井潔との間に小学生の男の子が二人いて、経済的には恵まれた家庭の主婦だった。美術デザイナーとして独立した夫は、家に帰る暇もないほど仕事が忙しく、親密な女性がいる気配もあって、彼女はいろいろな意味で心が揺れていた時期だ。それだけに、会社で出版も手がける夫に、書きためたものを本にしてくれないかと頼んだところ、快く引き受け自ら装丁もしてくれたことは、彼女にとってかなり心に沁みる出来事だったようだ。

そのあたりの事情を、干刈は、一九六〇年代後半から八〇年代にかけての女性の群像を描いた長編「しずかにわたすこがねのゆびわ」(『海燕』85・12)の中で、自分をモデルにした登場人物「芹子」にこと寄せて書いている。

もちろん作品世界＝現実ではないから、「小説」と「事実」を混同してはならないが、干刈の作品は、本人が「エッセイと小説があまり違わないなと思ったりして、自分でもよく距離がとれなくて気恥ずかしいわね」(「対談　干刈あがた×吉本ばなな」『新刊ニュース』88・11)というように、自分の生活体験や心境を投影した「私小説」のかたちをとっているので、その内容から事実を推測してもそう的はずれではないだろう。

干刈の法要で同席した彼女の幼なじみ・窪田勝彦も、彼らの小学三年生当時の日常生活を描いた長編『野菊とバイエル』(92、集英社)について、「まったく脚色のない事実そのままです」と語っていた。
　また、青梅中央図書館にこの作品の生原稿が展示されたとき、同作の「コッペ」のモデルになった元同級生の伊藤昌子は、中に本名で出てくるクラスメートがいることに気づいたという。あれっと思って家に帰って本で確認すると別の名前になっていたというが、干刈が当時を思い出して同級生のだれかれを思い浮かべながら書いた証ともいえるだろう。
　干刈自身も作家・椎名誠との対談で、「とくに、私は子供のことを書くときにはつくらないようにしてるの。いろんな問題を含んでいるのに、大人が勝手な解釈してつくっちゃいけない」（椎名誠『対談集・ホネのような話』89・8、東京書籍）とむしろ事実をありのままに書こうという姿勢を前面に出している。

「この本、樫山が作ってくれたのよ。百合さんが言っていたとおり。求めないから与えようがないんだって。私ね、駄目かと思ったけれど、頼んでみたの。樫山の会社の営業種目の中に出版も入っていたから。そうしたら、いいよ、って……」

（「しずかにわたすこがねのゆびわ」）

「この本」は単なる自費出版を超えて、壊れそうになっている夫婦がもう一度寄りそう切っ掛けになるはずの本だった。

だが、その本を読んだ父親は、実の娘にこんな電話をかけてくる。

「おい、芹子先生よ、本なんか出しやがって一人前の作家気取りか。何だ、これは。母親の話を一方的に聞いて、母の家は地主、父の家は小作か。え、てめえのダンナは若くして社長、てめえは社長夫人だからって、人を馬鹿にするな。俺は腹が煮えくり返っているんだぞ……このまま放っとくと思うなよ……」

そして、彼女と、名義上の出版人である彼女の夫を、名誉毀損で訴えるというのだ。

会社への電話攻勢で仕事にならないという夫に気兼ねしながら、彼女は父のもとに釈明に出向く。謝罪して父親の気持ちに耳を傾ける彼女に、父は「お前がわかったのならいい」とその場は納得するのだが、二、三日後にはまた同じ電話をかけてくる。「怖ろしいような言葉を、大きい字や小さい字、赤いマジックや黒い墨で書いた手紙」も送りつけてくる。その繰り返し……。このとき父は七十六歳。彼女の母とは十一年前に離婚し、別の女性と再婚している。

結局その出来事は、残本を焼却するということで解決するまでに一年ほどかかり、「本当は私ね、父を刺したいと思っているのよ。だって、訴えてくださいと言えば、それでは俺の気持はおさまらないと言うし、どうしようもないんですもの。そうすれば、父も私も楽になるのにと思うの。でも私には一郎と二郎がいるから、そんなことしたら、今度はあの子たちが殺人者の子になってしまうもの」というところまで芹子を追いつめる。

何がそれほど父親を怒らせたのだろう。

たしかにその本の中で、父親は、性格に問題のある人物として出てくる。しかし、たとえ自分の気に入らないことを書かれたとしても、世間並みの父親なら、実の娘をここまで追いつめはしないだろう。だが、この父親は違うのだ。

「しずかにわたすこがねのゆびわ」で、芹子夫婦が古い家を建て直す際にはこんな父親像があらわれる。父母はまだ離婚せず、別居していた母が一時父のもとに戻っていた時期のことだ。

「（略）父はアパートを持っていて、一部屋空いていたから、改築の間、一カ月か二カ月そこに仮住居していたらと、主人の家の方でも言って、母もいることだし、そうしようかと思って頼みにいったのよ……そうしたら父は……いや断る、と言ってプイと横を向いて……三十で家を建てるのか、結構なことだ、だが人をアテにするなよ、と樫山に……私、全身からサーッと血が引いた……」（略）
「そういうところがあるのを、私、忘れていたの……中学生の時にね、卒業式の総代に決ったから、私は無邪気に父にそのことを言ったのよ……そうしたら……総代ぐらいでいい気になるな……それじゃ、お前、コレコレを知ってるか、って何だか難しい英語の単語を言ったのよ……」

こういった父親像は、他の小説にも出てくる。

《父は目下、東隣の家とも、裏の家とも係争中です。境界線がどうとか、植木の枝がどうとか。それをたしなめる母との間でも、喧嘩が絶えないし。》（「ウォークinチャコールグレイ」）

《母さんは額の生えぎわに貼った大きな絆創膏を髪で隠していました。（略）今回のテンマツは新聞の集金の学生の態度が悪いと、父さんがお金を払わないのを母さんがたしなめたことから、コップを投げつけられ額が切れて三針縫ったそうです。学生は何日も日参して、初めは集金を済ませたさに泣きそうになって謝っていたけれど、その日は怒りのあまり父さんに掴みかかった。もし母さんが間に入らなかったら、学生か父さんか、どちらかが怪我をしてしまうところだったそうです。》（「姉妹の部屋への鎮魂歌《たましずめ》」）

《澄ちゃんが脛に大火傷を負って、赤く腫れあがった皮膚に水ぶくれのできた脚で夜中にこの家を叩いた時は、彼も本当に驚き衝撃を受けていましたので、母さんが額に三針縫う怪我をして来たと言ったことで、わかったのだろうと思います。結婚前、私が会社に一ヵ月近く眼帯をして行ったことがありました。眼帯では覆いきれない青痣に、職場の人たちは悪い男とでもつき合っているのだろうと思ったようです。その時も私は達也さんにだけは、父に殴られたことを告げてありました。》（同前）

《わたしは裸になって傷痕や火傷のひきつれを見せ、君は鏡をはじめて見たとき何歳で、何を見たの、と聞いてみたかった。わたしがはじめて鏡を見たとき何歳だったか覚えてはいないが、頬には父親の手の跡が赤くついていた。指の跡は三本。わたしの頬は父親の五本の指より小さかったのだ。》（「窓の下の天の川」）

このように、作中の「父親」に注目して作品を洗い直すと、これまで語られなかった干刈文学の背後にひそんでいるものが、透かし模様のように見えてくる。

当時はなかった言葉だが、彼女をドメスティック・バイオレンス（家庭内暴力）の犠牲者としてとらえるとき、彼女の作品を読み解く鍵が自ずと浮かび上がってくるのである。

ただし、干刈の妹・柳伸枝は、わたしとのEメールのやりとりで、「事実、父は激しやすい人でしたが、家で手をあげたことは一度もありません」「父はいたって普通の男性でした」と、家庭内暴力については否定している。

干刈が九歳まで過ごした青梅時代、斜向かいに住んでいて、彼女と一緒に風呂に入ったこともあるという幼なじみの窪田勝彦も、「遊びに行くと、和枝ちゃんのおじさんは、いつもカッちゃん、カッちゃんといって可愛がってくれた。とても本に書かれているような怖い人には見えなかった」と証言している。

作品中の父親と実際の父親の印象が違うことについては、一家が杉並区神戸町（現下井草）の新居に移転してからの友人・竜田紀志子も、読者の会の会報『コスモス会通信』12号に次のような文章を寄せている。

《和枝さんの家にはよく遊びに行ったり、和枝さんが家に遊びに来たりしましたが、確かに和枝さんもお兄さんもお父様を怖がっているような感じは受けました。炬燵でトランプをしている時に、お父様が帰っていらした気配にお兄さんがトランプをサッと集めて布団の中に隠しました。なぜかわからなかった出来事でした。でも帰る時には暗くなってしまったので、お父様は犬を連れて私を家まで送ってくださいました。にこにこ笑っていらして、怖いお父さんのイメージは全然ありませんでしたので、『ふりむん……』を読んだ時は理解できませんでした。》（「大人だった〝かえちゃん〟」）

しかし、インタビュー集『異議あり！　現代文学』（91、河合出版）で、干刈はインタビュアー・黒古一夫に子どもの描き方について訊かれたおり、「私自身殴られて育ったようなことがあって」と答えている他、多くのエッセイや談話で父からの「暴力」を認める発言をしている。彼女がすべての著作や談話を通じて父に関する壮大なフィクションを作り上げたという可能性を否定することはできないが、もしそうであるなら、なぜ父の怒りを買ってまでそんな手の込んだ虚構が必要だったのだろう。

後でくわしく見ていくが、干刈は、自分の体験を通して後から続く女性たちの灯りになるものが書きたい、だからつらいけれどもそのつらさを引き受けてなるべく正直に書くのだ、といった作家である。小説だから作りごともたくさんあるだろう。けれども大事なところで嘘をついていない。干刈あがたはそういう作家だったのではないか。

わたしには、干刈と妹とでは、たとえ同じ家庭で育とうとも、感受性や父の接し方が違い、その結果父の言動の受け取り方も違ったのではないか、そう思えてならないのだ。

たとえば「しずかにわたすこがねのゆびわ」にはこんな一節がある。

百合さん、私の妹はねえ、外国へ行って帰ってきてから、六年間一度も、父のところへ行ってないのよ。そうすると、父も妹には何も言わないの。私はねえ、つい父のことが心配で、たまに行っていたの。

母と離婚して父が一人でいる時も、何度かシャツなど持って行ったの。（略）私にはもう自分の家庭があるんだから、なるべく関わらないようにしていればよかったのに。

父はねえ、母や私のように、おどおどしている人間は、よけい苛めるの。再婚した奥さんを見て、それがわかったわ。父の前で堂々と、こう断言するのよ。

今度こんなことしたら、私は警察に行くからね。

そうすると、父はひっこむのよ。

妹のように、関係ないと無視する人にも何もしない。

それなのに私は、なんだか引き寄せられるように行ってしまうの。（略）暗いところで呻いているような人の方へ引き寄せられてしまうの。

そしてね、よけい相手の暗さを引き出してしまうのよ。

自分では、そんなつもりじゃないのに。


また、干刈二十歳の夏に材をとった短編「入江の宴」（『文学界』84・5）には、こんな箇所がある。主人公・ユリのモデルが干刈である。

種伯母が東京に来ていた時よく「三人兄妹の中で、なぜユリちゃんだけをこんなに」と、いつもおどおどして指先を噛んでいるユリを見て泣いていたが、男である兄には父も強くは当らず、妹はまだ幼くて、ちょうど中学生で感じ易くすぐ涙ぐんでしまう自分に、父親の苛立ちが向い易かったのかもしれない。その頃じりじりと焼かれていたような自分の心が、壊死してしまっているような気がすることがあるが、もう自分で逃げることも撥ね返すことも出来るはずの年齢になってもまだ、家に圧迫されている自分は幼いのかもしれないと、ユリは感じていた。

ドメスティック・バイオレンスは微妙な問題を含んでいて、外側からは見えにくいうえに、攻撃者に自覚がなく、犠牲者本人もそれが暴力であると気づかずに自分を責めるケースも多い。そのため、「いつも彼の機嫌をそこなわないように気を使っていませんか？　彼を怒らせないためにあきらめたことがいろいろありませんか？　あなたが怖いと感じたらそれは暴力、あなたが不自由だと感じたらそれは暴力です」という定義があるほどである。

妹・柳伸枝の証言のように身体的な暴力はなかったとしても、精神的な暴力はあったのではないか。少なくとも干刈本人は父に「圧迫されている」と感じていたのではないか。

彼女の文学を理解するうえで、そのことは重要な意味を持っている。干刈が多大な影響を受けたフランスの作家・ボーヴォワールの自伝小説『女ざかり』の序には、「一冊の本が、どういうシチュエーションにおいて書かれ、どういう予想のもとに、どういう人間によって書かれたかを読者が知らなければ、その本は真の意味をもたない」（63、紀伊国屋書店、朝吹登水子・二宮フサ訳）という一節があるが、干刈の本はまさにそのケースに当てはまるのではないか。

フィクションである小説と作者の実生活を重ねて考えることには、事実誤認の危険性やプライバシーの問題を含め多くの批判があるが、この論は、父との関係の仮説から出発するということをまず断っておかなければならない。

一般にこのような生い立ちは子どもにさまざまな影を落とす。干刈の作品の底には、この影から抜け出してどこか違う場所、自分が自分らしく生きられる場所へ出て行こうともがく声が、通奏低音として流れているのである。

長編「しずかにわたすこがねのゆびわ」で、干刈をモデルとする芹子は「私は、人に対して、率直に喜びや苦しみを話せない人間になってしまった。でも、それは子供の頃の話よね。もうすぐ私は三十過ぎよ。理由にならないことは、よくわかっているの……でも、すぐそこに逃げこもうとする……（略）うまく整理して話せないんだけれど、私の中にはそういういろいろなものがあるのね」と友人の百合子にいう。「男の人の力を、女をやさしく包みこんで保護してくれるものと思えないところがあるの」と。

そして、「自分は暗い性格だと思い込んだり、自分の実家に劣等感を持っていて、一人の人間として夫に、私はあなたとこういう関係を持ちたいと、対等に言うことが出来なかった」と、その影響が一人前の大人になっても続き、結婚生活にも及ぶことを示すのである。

その前年に発表された短編「姉妹の部屋への鎮魂歌《たましずめ》」（『新潮』84・10）にはこんな場面がある。モデルは「私＝清子」が干刈、「澄子」が彼女の妹である。

私が中学生の時、母が一時家を出ていた。（略）母は私に住所を教え、「仕事が見つかって生活できるようになったら、必ず迎えに来るから」と言った。（略）だが私はそんな生活に疲れ果て、仲裁役のN氏に住所を教え、一緒にそのアパートへ行ったのだった。（略）親類の者に伴われて帰ってきた母が、「清子が泣いて頼むから」というのを聞きながら、私は母を裏切ったのだと俯いていた。だがそうしたことが何度か繰り返されるうちに私は、本当に離婚するつもりなら私たちを連れて出ればよいのだ、本当に離婚するつもりなら戻らなければよいのだ、と思うようになった。父のことは仕方がない、むしろ母に憎しみを感じた。「清子ちゃんは弱いのよ。自分で耐えられなくて降りていくくせに、私は母さんに操られているなんて言うんだから」

澄子は私によくそう言った。家の階下で父母が諍う時、追いつめられた母は階段の下で合図のように泣き叫ぶ。もう死んだ方がマシだと言って、首筋に包丁を当てたりする。するといつも私が止めに降りて行った。澄子は決して降りなかった。二階に戻った私が、もうこんな役をするのは嫌だと言って泣くと、澄子がそう言うのだった。

ここには攻撃者としての「父」、犠牲者としての「母」、世話係としての「私＝清子」の三角関係がはっきりあらわれている。今では「犠牲者の三角関係」「魔のトライアングル」などと呼ばれ広く知られている関係だが、当時はそれに言葉が与えられておらず、清子は、自分や母親の中の何かが父親の暴力を引き出すのではないか、耐えている母親を見て苛立つ自分は冷酷な人間ではないのか、そこから逃げ出せない自分はダメな人間ではないのか、などと思い悩む。

私はいつも何かを言おうとする時、自分の気持のとおりの言葉が出なくて、口ごもってしまう。

そうして誰もが私を避けたり、遠ざかっていく。

人とまともに話もできないなんて、私は世間で一人前にやっていけない生活無能力者なのかもしれない。

私は母に似ているのかもしれない。

母は言葉で自分の気持を言ったり、抵抗したりできない人だ。

父との暮しに気持が追いつめられると、ある日突然胃から出血する。

吐血と下血をして倒れる。もう三度も。

私が初潮になる前にも、そんなことがあった。だから私は血が怖かった。

私は初潮になったら、血が止まらなくなって死ぬのだと思いこんでいた。

おとなになりたくなかったのかもしれない。

私は母に似ているのかもしれない。

母のようになりたくはないけれど。

犠牲者は心の中に自己否定感を植え付けられ、人と親密になれず、心にいつもガードを固めて警戒する傾向を持つという。干刈自身もこのような人間関係に自分の性格の依ってきたるところがあると考えたらしく、学生時代に材をとった自伝的な長編小説「ウォークinチャコールグレイ」(『IN・POCKET』87・6〜89・12)には、主人公・信子のこんな言葉が出てくる。

「今の私が考えたいことを教えてくれるような本に、まだめぐり合っていないの。母と娘の関係とか、父と娘の関係が娘にどういう影響を及ぼすとか、そういうことを知りたいんだけど」

けれども、彼女の問いに答えてくれる本はない。夫による妻への暴力は、性差別社会の歴史とともに古代からあり、当たり前のこととして正当化されてきたし、この問題の先進国であるアメリカでさえ、本格的な対応がはじまったのは、干刈の学生時代より十年以上後の一九七〇年代半ば以降だからだ。日本で「配偶者からの暴力の防止及び被害者の保護に関する法律」(DV防止法)が施行されたのはさらにずっと後の二〇〇一年である。犠牲者自身でさえ自分は何も悪くないという自覚が持てず、暴力を振るわれる方にも落ち度があるのではないかという思い方をする。

子供のころ、どんなに父親に殴られても、その父親を悪く言う母親の言葉を聞くと、信子は母親を憎んだ。妻なのに夫の悪口を言うなんて。そんな妻だから、よけい父親がああなったのかもしれない。母親は他人だから悪く言えるけれど、私には父親の血が半分流れているのだ。

　暴言を吐いて周囲を悩ませる父。家族を力で支配する父。だがこの父は、独力で大学まで出、堅実に小金を貯め、東京に土地を買い家を建て、警察官として職務を全うし、退職後はたばこ屋を開き、アパートまで所有した意志の人であった。


「お父ちゃん、フミッペを叩いたりしてごめんね。こわいお父ちゃんだと思ってるぅう」

と語尾を上げた。それも酔った時の癖だった。

「お父ちゃんはねぇえ、このへんに土地を買いたいと思っているの。お父ちゃんはねぇえ、十三の時に島を出たの。それは苦労したの」

　父親は畑の中の小道に入って行った。

「島を出る時ねぇえ、いつか見返してやろうと思ったの。セルフ・ヘルプ。島を出る人はねぇえ、たいてい鹿児島や神戸に出るの。でもお父ちゃんは違った。東京へ出てやろうと思った」

　文恵は父親の後から歩いて行った。

「セルフ・ヘルプで立派に東京で成功して、土地を買って家を建てようと思ったの。お父ちゃん、それは勉強したよ。給仕をしながら夜学に通ってねぇえ。人よりも何年もかかってねぇえ。青梅の吉野に勤務になった時も、多摩川の川原で昇進試験の勉強して、巡査部長になったの。もうすぐ警部補になれるんだよ」

雑木林の上は満天の星空だった。

「お父ちゃん、もう四十五だよ。戦争に行ったり、伸二や一夫が病気になったりしてねぇえ」

文恵は疲れて、時々、瞼が垂れてきたり、膝がガクンと折れそうになった。

「今度、住宅金融公庫っていうのができるんだよ。え、ここに家を建てようじゃないの」

今ここに家があったらすぐ蒲団に入って眠れるのに、と思いながら文恵はいっしょうけんめい歩いた。（「真ん中迷子」『樹下の家族』83、福武書店）

干刈の父は酒に酔うと涙もろくなり、決まって子どもの頃の貧しかった家の話をし、「工夫があれば飢えはしない」が口癖だった。それはこの引用が端的に示すように、聞かされる側の状況を顧慮しない独善的な傾向があったらしく、他の家族はまたはじまったという顔をする。しかし、干刈は父の心情を思い、「それは自分が海辺から貝を採ったりして、母親や弟たちに食べさせた長男としての思い出話だった。工夫をしなければ飢えてしまうほど貧しかったのだと。そのたびに、信子だけが涙ぐんだものだった」と「ウォークinチャコールグレイ」に書いている。

顔つきも兄と妹は母親似だったが、干刈は父親似だった。そんな彼女に父親は憎みきれない。

彼女の通った杉並区中瀬中学校の同級生・矢郷隆子が書いている文章は印象的だ。

和枝ちゃんは、美しいお母様と、当時ハンサムでモテるというお兄様が自慢で、妹さんを可愛がり、お父様を除いて一致団結の強い絆で結ばれた家族でした。私はお父様には和枝ちゃんの言う「洗礼」を受けたこともありますが、楽しそうに接してくれたのを覚えています。その時、私は和枝ちゃんはお父様似なんだ、と思ったのです。

（「私と干刈あがた」ホームページ『干刈あがた資料館』）

干刈は作品の随所で母や兄の容姿の美しさにふれている。法要や文学散歩のおり、青梅第二小学校時代の友人たちに干刈の母の印象を尋ねたことがあるが、「それは上品できれいな人だった。おじさんとほんとに夫婦なのかなと思った」（窪田勝彦）、「とにかく他のお母さんたちとは全然違うの。目がピカピカっとしてきれいで、わたしの憧れだった」（伊藤昌子）等の言葉が返ってきた。わたしも晩年の干刈の母の写真を見たことがあるが、気品のある柔らかい顔立ちの実に美しい人である。エッセイ等で干刈は「大人になってから、もう自分の顔が嫌いではなくなった」と書いているから、それまでは母親似ではない自分の顔にコンプレックスを抱いていたのかもしれない。実際、資料にあたっていて郷土誌『えらぶせりよさ』に載った父・柳納富《やなぎのうとみ》の写真を見つけたときは、彼女とあまりに似ているので驚いたほどだ。作品から受ける人物像とは違って、剽軽さも漂う穏やかな風貌の好男子である。
学生の干刈は六十年安保闘争のデモに出かけたときも、警官に向かって石を投げる側にいながら、どうしても投石することができない。警察官の父の顔が思い浮かんでしまうのだ。

私は何人かの警察官を知っていたの。みな同じ島の出身者達だった。（略）山口獏の小説に〈琉球人お断り〉と就職を拒絶される話があるけれど、そういう時代に東京に出て来て数少ない開かれた道である警察官になったんだと知っていた。そういう人達が石礫を受けているんだと思ったら、私は彼らの方から私の方を見ている風景が見えるようで、こちら側の人間と一緒に石を投げられなかったの。（「樹下の家族」）

二十歳ではじめて沖永良部島を訪れた干刈は、父の意固地な性分が、早くに男親に死に別れ苦労を重ねた結果であることに気づくのだ。その地区の名家である母方の美しく整えられた墓や屋敷、畑を見たあと、父方の荒れ果てた共同墓地と屋敷跡を見た彼女は、はじめて父の根っこに触れた気がする。

「百合さん、父はね、たまに私が行くと、眼に涙をためて、私の手を両手で挟んで、よく来てくれたな、と言ったわ。その手にはもう、拳を振り回していた頃のような、固さも弾力もないように、私には感じられたわ。

私は子供の頃、父が子猫の頭を握りつぶすのを見たことがあって、それ以来、父の手が怖かった。

でも、父の老いた手に触れた時、やっとその恐怖心が自分の中からなくなったような気がしたのよ。

私が、父の生家の墓地のことを書いたのは、そこを見て初めて、少年の頃に故郷を出た父の気持ちがわかったような気がしたからよ。

父の無念さや孤独が、わかったような気がしたの。

でも私、何もわかってなかった。

わかったと思うなんて傲慢だったわ。

故郷のことに触れられること自体、父にはたまらなかったのよ」

（「しずかにわたすこがねのゆびわ」）

老いて暴君の影をひそめた父を、干刈はいたいたしく思ったのかもしれない。嫌でたまらなかった「家」が解体してみれば、父や母が悪かったのではない、めぐり合わせが悪かったのだという感慨にも至る。『ふりむんコレクション　島唄』には、「さかさま子守り唄（親守り唄）」という詩が出てくる。

できることなら父さんを／赤児の年に戻してやりたや
あたいが父さんの母さんに／なって赤児を抱いてやりたや
父さんの意固地な性分は／みなしご育ちのせいなそうだから
父さん母さんいつも仲わるい／あたいはそれが一番つらい
父さん母さんどっちがわるい／どっちでもない相性がわるい
相性がわるいめおと地獄／つらいだろうがこらえておくれ
父さん母さん他人ならば／あたいは生まれていないわけじゃもの
子どもごころに知りました／めぐりあわせのしかたなさ

（／は改行を示す。以下同）

この達観したような視線に、父は生意気な思い上がりを感じ、「芹子先生よ」と皮肉ったのかもしれない。父にすれば、歯を食いしばって築いた自分の人生を「みなしご育ち」のひと言でくくられ、わかったような顔をされるのは、どうしても見過ごせない、許しがたいことだったのだろう。

沖永良部島・和泊町永峯の郷土誌『永峯誌』（56、発行者・池田池秀）には、父・柳納富について次のような記載がある。

南方に軍属として派遣せられ、抑留中であったがその善行認められ復員す。（昭和二一年二月一四日）
直に警部補に任官したが、氏は幼にして父に死別し多くの兄弟と共に母手一人に育てられ、大島支庁に勤めて居たが、上京して文字通り苦学奮闘し遂に大学を卒業した意志堅固者である。現在高井戸警察署保安主任の要職にある。夫人愛子《ママ》は永野宮竹先生の次女であるが、幼少から気質優れ落着いた女性であった。昭和五年三月から同一二年八月まで八年間、鹿児島県の養蚕教師として大島郡各町村の養蚕業を指導せられ、広く県内に知られた。杉並区に立派な住宅を新築されたのも夫婦の努力である。

一九七二年には『奄美名鑑』（奄美社）にも登録され、「貸屋業、煙草店、和泊、永峯生、68才、国士舘中学、中央大学法科卒、警視庁警部（33年勤務）、勲6等瑞宝章」と記されている。

沖永良部島の郷土史家・前利潔の「『入江の宴』の背景」（『えらぶせりよさ』34号）を見ると、島人の出稼ぎの歴史がよくわかるが、干刈の父が島を出た年、島では若者たちの間で「ヤマトへひんぎろ（逃げよう）や」という歌が流行って、多くの若者が夢を抱いて内地《やまと》へ渡ったという。そうして内地に家でも建てれば成功であり、ぬんぎむん（頑張り屋）と讃えられる。郷土誌や人名録に記載されるのは栄誉であり、島内に成功者として知られることになる。

身ひとつで島を出た柳少年は、苦学して大学を出、警察官になり、ついに叙勲まで受け、みごと故郷に錦を飾ったのである。

目標をなしとげ余裕ができた彼は、明治百年記念事業のひとつとして発行された『沖永良部島郷土史資料』（68、和泊町中央公民館発行）を読み、島民の家系図や記録類が島津藩主・吉貴の命で焼却処分されたことを知って自分の先祖について調べはじめる。

一九七五年には、『月刊　沖州』23号に、「ふるさとは遠きにありて思うものとか申します。島に生まれ育ったものが永年旅で暮して居りますと、島は心のふるさととして懐かしく、人・山・海・文化・歴史等島のすべてがどんなにか心を慰め、力づけて生きる希望を与えてくださるか計り知れないものがあります。（略）私達の先祖――エラブ原人、百姓――住民こそ歴史の主体であるはずなのに記録がない。私には先祖の血が流れ、心が通い、私は現時点における先祖の具現化したものだと考えるわけです。（略）私達のウヤホーは古代より島に生き、子を産み、その血は今の私たちに流れている。これは他人事でない私達の事だ。自分の歴史は島民一人一人、自分で発掘しなければならないと思うようになりました」（「島の歴史について①」75・10、沖州印刷）と島の歴史について連載をはじめる。実際は雑誌そのものが廃刊になってしまい、「連載」にはならなかったが、彼は自分の家系図を自分で発掘し、発表しようとしたようである。

干刈の学生時代を描いた長編「ウォークinチャコールグレイ」に、「今は父は、故郷にお墓をつくることと、血統図をつくることに熱中しています。父の祖先は、冤罪で島流しにあった、立派な本土の武士だそうです。母は島の武士の流れの娘だから、父の家柄の方が上だそうです」とあるから、干刈の父は調べているうちに家系図的にも立派な家柄にたどりついたのだろう。

実際、梶原源齋『沖永良部で塾を開いた遠島人　紀 平右衛門』（私家版）によれば、西郷隆盛が家来ともども島流しにあった沖永良部島には、一般の罪人ではない薩摩藩の武士たちが、思想犯・政治犯として流されてきたという。遠島人と呼ばれた彼らは牢につながれるわけではなく、学識や教養を生かして塾を開き、子孫を島に伝えていった。わたしの夫の父方の祖先もこの種の武士だそうで、それを誇りに思っている島民も少なくない。

しかし、娘はそんな父の誇りをよそに、『ふりむんコレクション　島唄』にこう書く。

《神戸の人々は私に、神戸の造船所で船に取りついてサビ落しをするカンカン虫をしていた頃の父の話を聞かせた。父は、いつまでも神戸には居ないと広言して、働きながら生活をきりつめて夜学と英語学校に通っていたという。父が島を出たのは十四才の時で、一番年少者だったという。「あんたのお父さんは私らとは違うから」と誰もが言った。それは非難しているのではなく、東京に出なかった人の持つやさしさで、「だからあんたら子供たちやお母さんは、つらい思いをしているのだろう」という、いたわりの言葉が続くのだった》
《十四才で島を出た父は二十年後に、同じ村落の地主の娘である母を妻に望んだ。そしてそれからさらに二十数年経た今まで、まだ島に帰ったことがない。ある時期までは、東京に出て行くことに集中し、その後は東京に土地と家を持つことに魂を傾け、その次は墓に集中した。そしてこのごろは、島に帰る時は莫大な寄附をしなければならないと言う。人間を駆り立てるものの不思議な仕組み。

「あんたには済まないと思っているよ。つらい思いをしてきたんだろう」屋敷跡からの帰り道、石灰岩を砕いて敷いた白い道を歩きながら叔父は言った。

「あんたのお父さんからお母さんを嫁にほしいと言ってきた時、お母さんは中支にいた私のところへ、手紙で相談してきたんだよ。私らの母親は反対だったらしい。お父さんの姉さん達は家《うち》の子守りだったし、なにもそんなに遠くへ行くことはないと淋しがったようだ。けれどお母さんは行ってもいいがという気持だったようだ。無理もないと思う。尋常小学校の時私らはお父さんのことを、貧しくても若くて島を出て東京で立派にやっているお手本として、いつも先生から聞かされたものだ。私は返事にこう書いた。若い時から苦労してきた人間なら、きっと思いやりのある人間味のある人だろう。これからの世の中は家柄など問題ではない、要は人物だ、と」

叔父の言葉は途切れた。その沈黙を埋める思いが私にはわかる。二人は黙って歩いた。》

このように干刈の私家版の中で、父は、妻よりも家柄が下の、だれもが認める意固地な性分の人物として出てくる。

彼にすれば、家柄が上の自分を誤って妻の家柄より下に書かれ、もらってやった自分が地主の娘を望んだことにされ、五十年の不作を棚に上げて離婚の原因を自分の性格のせいにされたとんでもない本である。それを世間に知れ渡る「本」のかたちで一方的にばらまかれたのだ。名誉毀損で訴えると怒ったとしても不思議ではないだろう。

このような父親の性格を、「公平に見れば（略）当時の社会としてはふつうのもので、信子の家庭も決して特別ではなく、ありふれた家庭の一つだった」（増田みず子「干刈あがたの青春」『干刈あがたの文学世界』04、鼎書房）とする見方もある。

干刈の青梅第二小学校時代の同級生・宮岡寛も、文学散歩で青梅の地を一緒に歩いたおり、「当時は夜具などの織物が基幹産業で、織屋が大小七百軒もありましてね。糸の相場買いなどもするからか賭博師めいた気風があって」と独特な土地柄にふれ、「乱暴な口をきく男も多く、自分の父親も干刈さんのところと似たりよったりで、昔はそんな父親は珍しくなかったですよ」と語っていた。

しかし、人格者で子をいつくしむ父親のもとで育った干刈の母親・アイにとって、それはふつうではなかったろう。干刈にとって祖父にあたるこの人物は、「入江の宴」ではこのように描かれている。

「表の間の棚に写真が飾ってあるお祖父さんは、どんな人だったの」

とユリは聞いた。写真の人は坊主頭に口髭を生やしている。種伯母の方言を標準語にして茜が言った。
「学校の先生だったの。お給料を貰っても、家に帰るまでには貧しい人に貸してしまうような人だったから、お祖母ちゃんはいつも苦労してたんだって。借りると言っても返す人なんかいなくて、お人好しなのを見すかされていた、一種の道楽だと言っているのよ」

母・アイは、「これからの女性は手に職を持っていた方がいい」という進歩的な考えを持ったこの教育者の父の方針で、十四歳で養蚕技師になるために本土に渡っている。これは「女工哀史」の世界とは無縁な、歴とした国家公務員になる道で、待遇も良く、地方の有力者の娘がほとんどだったという（「絹の里の秘密訪ねて」『朝日新聞』06・7・22）。彼女はそこで師範まで進み、十八歳から八年間鹿児島県の養蚕教師として勤め、繭を煮る炭火で一酸化中毒にかかって臭覚を失っている。島に帰ったときには、二十六歳になっており、当時としては婚期を逸していた。ひどい頭痛などの後遺症にも、長く苦しめられた。

「お父さんとの結婚話があった時にね、若い時から苦労して、こんな私でももらってくれるという人なら、いい人だろうと思ったのよ。私もその気持ちに応えてやっていこうと思ったのよ。でも、一緒に暮らし始めてみると」

母親は新婚時代のいくつかの出来事を話した。

「私はあの人の気持を変えることはできなかったわ。それは私のせいだから仕方ないと思うけど、もし私が思うように生きられるんだったら、少しは人様の役に立つようなことをしてから死にたいと思うわ」（略）

「私にはね」と母親は言った。「父親に可愛がられた子供時代があるけど、あなたにはそれもなかったし」（『ウォークinチャコールグレイ』）

この母に、干刈の父は、子どもの前でもよく「廃人を嫁にもらってやったのに、家柄を鼻にかけて」という言葉を浴びせたという。一般に攻撃者は、心が傷つけられた自分の怒りを、他者を攻撃することで解消しようとするといわれる。『ウォーク.inチャコールグレイ』で干刈は、「お父さんを見ていると、若い時に故郷を出てから、大人になっていく間に、人にやさしくされたことがないんじゃないかと思うことがある」と書いている。父が大人になる過程でどれほどの傷を受けてきたかを思えば、同情の念もわくし、親子の情愛もあるだろう。けれども、どこで学習したのかといぶかしくなるほどの父の毒舌は、本人が思う以上に人の心をえぐる。長い間干刈は、「父や母のことには関わらない方がいい。／骨身にしみているのに、不意に父のことも気の毒に思えて、気持を寄せていく自分の甘さや弱さが嫌だ」（『しずかにわたすこがねのゆびわ』）といいながら、父を切り離せないできた。ドメスティック・バイオレンスの攻撃者の多くが荒れ狂った後やさしくなるように、この父もやさしい心遣いを示す「ハネムーン期」があり、「共依存」の関係が成り立っていたからだ。

しかし、一年にわたる私家版をめぐる騒動で、やっと干刈はこの関係から脱け出さなければならないのだと気づく。


百合さん、今度の父とのことは、私にとっての手術だったんだわ。私はもう三十半ばも過ぎたのに、まだ父の影の中にいた。自分がどんなに、父親とか、男の人とか、権威とかに弱いかが、身に滲みてわかったわ。自分がそういうものに対して、必要以上に臆病だったような気がする。立ち向かっていけなかった。


父親を刺そうと思うまでに追いつめられた体験を通じて、やっと干刈は父を切り離す決心がつくのである。

『ふりむんコレクション　島唄』では抽象的にしか書かなかった父の性格を、これ以後干刈は具体的なエピソードをあげて書いていく。決して父を貶めるためではなかったろう。父がどんな家庭を作り、妻や子どもにどんな影響を及ぼしたか、それを検証することが、本当の自分にめぐり合うための出発点だという痛切な思いがそうさせたにちがいない。

その後、干刈は父と距離を置いて生活するが、作家になったことを知った父からある日一通の手紙が来る。

芹子がまたものを書き始めたことを何かで知ったらしい。そのことを非難していた。芹子が離婚してから数カ月たった頃、父親の再婚した妻から電話がかかってきたことがある。父親の体が弱っているので財産のことについて相談したいというので、芹子は「父の遺産は一切いりませんから、私は除外してください」と言い、離婚のこともその時初めて話した。折返し父親から電話がかかってきて、「お前のような陰気な娘、当然だろうな。母親も娘も出戻りか」と言ったのだった。手紙を読みながら涙ぐんでいる芹子を見て、小さい方の二郎が聞いた。

「お母さん、どうしたの」

「何でもない」

と彼に笑顔を向けてから、芹子はその手紙を破いて棄てた。自分はもう失うものは失った、怖くない、だが父と私はなぜこのようなめぐり合せをしなければならなかったのだろう、と思いながら。

父の影を完全に振り切ったのはこのときからである。

千刈は心の底からしぼり出すように、「私はやっと父を棄てた。／いいえ、自分に与えられたものを負っていこうとしていた自分を棄てたの」と続ける。

そして、自分をモデルとする芹子について、「ものを書くことによって傷ついた彼女が、それを乗りこえるのも、ものを書くことによってしかできない姿を見ていると、痛ましいような気がした」と友人に語らせるのである。人とうまく話すことのできない彼女は、ノートに言葉の断片を書きつけているときだけ、かすかに自分の中に、自分を支えるものが芽のように出てくるのを感じるのだ。

いいたいのは、漠然と小説家を志望してそれで作家になったわけじゃない、ということです。ぎりぎりの状況を転化したり前に進んだりするために、小説を書くしかなかった。物語の原点はそこにこそ存在する。

干刈は、井上光晴「小説の書き方」（『辺境』）のこの一節を何度も読み返したと書いている（「井上光晴さんと〈縫い目〉と私の関係」『どこかヘンな三角関係』91、新潮社）。

作家として立ったあとも、「書く人は自分の必要によってそれぞれの小説を書く、読む人は自分の必要によって選ぶ。願わくば、わたし自身の必要が、同じ今を生きている人々の必要と通底していますように」（「しごとの周辺」『おんなコドモの風景』87、文藝春秋）という。必要、つまり実用の文学である。

これは、現実とは切り離された、純粋に言語のみからなる小説をめざした芸術至上主義者の小説観とは決定的に違う点で、干刈の文学の特質といっていいだろう。一般に、芸術品は時を経て残り、実用品は時代とともに忘れ去られる傾向があるが、自分は芸術至上主義者にはなれないという干刈は、「私の言ったこと書いたことが次の世代の人たちのステップになればいいなあと思うの。（略）そういう意味では、私は時代と共にポシャることがぜんぜん怖くないの」（「女子学生との対話」インタビュアー早稲田大学三年・山下柚美、『ほんだな48』84・11・30、早稲田大学生協）という。

かつて自分が「今の私が考えたいことを教えてくれるような本」を探したように、だれかが同じ悩みを抱え、その解決法を探しているのではないか、そういう思いが、自身の思いを整理するためだけに書いていた干刈を、多くの人間の代弁者としての作家として押し出してゆくのである。

女どうし心を開いてみれば、そこにはさまざまな共通の悩みがあった。夫の圧迫に耐えかねながら、子どもたちが独立するまで離婚できなかった母の姿も、ひとり母のものではなく、多くの女たちの姿であることに彼女は気づくのである。

娘たちは誰も「母の影を負って」生まれ育っているのだと思います。

そして娘たちは、男の人たちがしばしば母親の理想像としてたたえる美徳、我慢強さとか貞節さとか優しさなどが、多くは男や家を支えるために捧げられ、同性である娘には同じ忍耐を強いる力として働いていることを感じてしまうことがある。母親の歪みや傷を見抜いてしまうことがある。

女とは、家庭とはこうあるべき、女の性はこういうもの、という中で育てられた私たちは、なかなかそれを意識化できないけれど、自分の人生の中のある時期、何か男と女の関係について、家庭とは何かを考えざるを得ないような出来事に遭った時に、初めてそれに気づき、母親から私たちが受け継いだものについて、それまでと違った光を当てて考えてみたくなったりするのだと思います。（「永瀬清子の詩を読む　連載④」『コスモス・ノート』1号、干刈あがたコスモス会編、09。初出『小学生のお母さん』福武書店）

干刈はそうした問題を、ウーマン・リブの運動家たちのように大きな声で叫ぶのではなく、小さな声でつぶやき、考えていく。

私の書くものが読まれるようになったのは、そういうことを考える人が私一人じゃなくなってきたということだと思う。家の中で女達の〝やっぱりどこかヘンだ〟という思いがふくれ上ってきて無視できない所まできちゃったんじゃないかな。（同前）

父を棄てることで、自分を縛っていた鎖から解き放たれた彼女は、「こころのカラクリで、父親のタガがはずれたら夫のタガもはずしてしまった」（「しずかにわたすこがねのゆびわ」）と、もうひとつの鎖からも自由になり、「干刈あがた」という新たな名を帯して、「職業作家」として立ってゆくことになる。

ちなみに、この一風変わったペンネームの由来は、本人によれば表向き、裏向き、横向きの三種類あるのだが、表向きの理由はこうである。


「あがた」は漢字を当てると「県」で、中央に対する地方とか周辺のこと。女もある意味では周辺であり、中央とは違う感性をもっている。それを「刈り取る」が「干刈」。「ひかり」という語感も好き。（「ペンネームの由来」『小説現代』87・2）

「周辺」に目を向けるその眼差しは、彼女の父が島の歴史を調べたおり、「百姓――住民こそ歴史の主体であるはずなのに記録がない」として、統治者ではなく「周辺」の住民に目を向けた姿勢とはからずも一致している。

余談になるが、このように良くも悪くも干刈に影響を及ぼし、彼女を「作家」へと押し出す源になった父は、最晩年に沖永良部島に帰っている。

老いてなお面目躍如だったようで、若い頃島でタクシーの運転手をしていたという郷土史研究家の川上忠志は、干刈の「入江の宴」の舞台を紹介する文章の中で、干刈の父に指名されてよく生家のある永峯まで乗せたエピソードをあげ、「厳格な人で『言葉遣いが悪い』とよく怒られた」

と書いている（「沖永良部島の文学散歩『名作の舞台裏』」『えらぶせりよさ』30号）。

千刈の都立富士高校時代からの友人・毛利悦子によれば、千刈はこの父の性格によほど懲りたらしく、沖永良部の役所から講演の依頼があったとき、「父が島にいる間は島へは行きません」と断ったという。本人には最後まで病名が伏せられていたが、胃癌にかかったときも入院を父には知らせていない。どこかで娘の病気を知った父からは、彼女の次男・圭宛てに娘の病状と病院の住所を問う往復葉書がきた。千刈も、父母も、次男の圭も亡くなった後、残された資料の中に父からの切り離された往信を見つけた毛利は、「闘病する娘を思う父親の情を感じながらも、あの美しく凛としてやさしいお母様の面影が自生の白百合と重なってどこか寂しい」（「ユリの島」『コスモス会通信』６号）という感想をもらしている。

親と子というもの、家族というものは、もともと十全に理解し合うことのできない、永遠の問いをはらんでいるものかもしれない。その中で、大人になっていく子供は、親と闘い自分の生き方をさがしていかなくてはならないし、親は正しい愛情のあり方なんてわからないままに、子供に理解されないことも覚悟のうえで、それでも自分なりの愛し方をするより仕方ないのかもしれない。

「少年と父親」（『おんなコドモの風景』。初出『児童文学１９８６』86・12）というエッセイに、千刈はそう書いている。そして、児童文学作家・バーバラ・ワースパ著『急いで歩け、ゆっくり走れ』（80、昭文社、吉野美恵子訳）の内容を紹介し、こんな文章を引用するのである。

デイビィーは最後に、父親とは自分にとって、こんな存在だと考える。

〝妙なものだ。最後まで答は得られなかったが、もうそれは重要とも思われなくなった。重要なことは、あんたがいっときこの地上に生きたこと、あんたがぼくの父親だったこと、そして、ぼくはあんたから生まれ出て、いつかそのぼくからまたぼくの子が生まれ出るのだということ、ただそれだけだ。互いに理解しあえず、互いに傷つけあう、人間の長い連なり……だが、生命の流れは不断に引き継がれていく。そのようにして、ときには詩人が生まれ、たぶんごく稀には、世界を変えるものが出てくることもあるだろう。そして、それが真実なら――いかに苦しみに満ちていようとも、生きることは意味のあるものなら、それならばレオ、ぼくに生を授けてくれたあんたに感謝したいと思う……〟

ここに干刈の読者の会・干刈あがたコスモス会が、二〇〇六年四月、文学散歩のひとつとして沖永良部島に行ったときの報告記がある。

そういえば永峯の公民館に行ったとき、近くを散歩していてお父さんの家を見つけました。

草がぼうぼうと生えていて、入口のアーチだけがわかるような状態でしたが。年をとってからお父さんは島に帰り、町で暮らしながらバスでここに通って、一日中庭の手入れをしていたそうですね。石垣の所には、島特有の白いユリの花が咲いていていました。

（林田慧「沖永良部島に行って考えたこと」『コスモス会通信』7号）

島とは不思議な場所だ。そこで生まれ育ったわけでもない沖永良部二世の千刈は、最初に島に帰ったとき洗骨の場に立ち会い、「もし私が島に生まれていれば、私は母方のもっとも年長の娘であるから、一家の女神《おんながみ》として祖母の骨を洗う儀式を司ることができたのに」（『ふりむんコレクション　島唄』）と思う。そして、東京に戻った後こういうのだ。

なぜこんなに、あの島（考えるのはいつも都会にいるときだから）に魅かれるのだろう。私は遅れて生れてきた祝女《のろ》なのではないだろうか。あの島は、私が日常生活を離れて聖劇を演じるべき舞台だったのではないだろうか、と思うことがある。人々が霊力や自分を超えたものとの交感を失い、人がみなただ人になってしまった都会の底で、さびしいよさびしいよとつぶやく私の魂が渇望している故里。けれどそれは現実の島ではない。その奥の、時の彼方にある、今は失われた聖なる場所だ。

千刈あがたの仕事は、さびしい魂を代表して、都会の底でさびしいよさびしいよとつぶやき続けることだったのかもしれない。一作書くたびにもうやめようと思っていたという千刈にとって、書くことは必ずしも楽しいことではなかった。

二〇〇六年九月の第十五回コスモス忌で、翻訳家の古屋美登里が友人の編集者・大野陽子の話として語ったところによれば、千刈は親しく家を行き来するようになった大野に、「実はね、作家になってうれしかったのは一瞬、あとは苦しみの連続」と打ち明け、佐渡島の昔話「鶴の恩返し」の鶴が自分の羽を抜いて織物を織る姿に自分をなぞらえたという。

千刈は永瀬清子詩集『あけがたにくる人よ』（思潮社）のあとがきで、「私は今、書く、言葉をつかう方の立場にもいるわけですが、その私の中にいつも、永瀬さんのつぎのような言葉が響いていています」といっている。

詩を書くことは自分を削りとる事です。
すこしも自分を削りとっていない詩は世の中に多い。みせびらかす詩、ことばだけの詩は更に多い。
しかしただそれらはこちらに乗り移らないのです。
つまり身を削っても人に乗り移る程のことを書きたい。

永瀬と同じように身を削って人の心に響くものを書こうとした千刈は、しばしば傷だらけになってもがき苦しむ。くわしくは後で見ていくが、毛利悦子によれば、「性」を大きな要素として描いた小説「裸」を書いたときは、実際に『海燕』編集長だった寺田博に作家をやめるという手紙をしたため、投函寸前で思いとどまったという。その四年後に発表した長編「窓の下の天の川」（『新潮』89・9）にも、「コトバをつかう人間は、最後には清らかなところへ出てゆきたいという願いによって書いていても、途中でいろいろいやなものも揺り起こします。（略）／書けない」というくだりが見える。そんなとき、父母の「故郷の島」は、魂の渇望する故里として、いよいよ彼女の心の中で輝きを増していったのではないか。

私には沖永良部島に、伯母から譲られた少しの土地があるが、そこからは東支那海が見える。小説書きに疲れると、眠りに引き込まれるように、東支那海に沈む夕日を思い出す。そんな時は、「島に行こうかな」ではなくて「島に帰ろうかな」と思う。

（「あとがき」『樹下の家族』00、朝日文庫）

それは、さまざまな軋轢のあった父母を受け入れることであり、自分の中に流れている血と歴史を受け入れることだっただろう。

第二章　自己犠牲からの脱却

——私たちは新しくなろうとする時、自分自身の中にある古いものに、ムチ打たれる。新しくなろうとする自分を、古い自分が責め苛む。（「裸」）

干刈あがたはエッセイ「道子さんと清子さん」（『40代はややこ思惟《しい》いそが恣意《しい》』）に、デビュー作「樹下の家族」を執筆している途中、はじめて「自分がどこに立ち、どんなことの立会人になっていたのか」ということを意識するようになったと書いている。

「私はとくべつな出来事にも会わず、ありきたりの日々を過ごしたとしても、その日々は一九五〇年代から八〇年代への変化の激しい時代であり、その時代に東京という場所で、女として立ち会っていたのだと発見したのだった」というのだ。

二十代はじめの頃、干刈は小説を読むのが好きな人なら誰でも一度や二度は夢想するだろうやり方で、自分も書いてみたいと思い、いくつか習作めいたものを書いていた。だが、自分の作品

干刈あがた　41歳夏

は「ノートに書いておけばよい愚痴や日記めいたもので、公共の紙面や活字をつかう価値などないものだ」と思わせられる事件に遭遇する。石牟礼道子の『海と空のあいだに』（のちに『苦海浄土』と改題）を読んだのである。

水俣病発生地帯の人々からの聞き書きという形をとったこの小説を読みながら、私はそこに作家という人の立っている場所の構図を見ていた。九州の海辺に水俣病が発生した時、人間を超えた何者かの手が、石牟礼道子という目撃者、立会人を傍らに立たせたのだという気がした。

干刈は、何者かが彼女を、「お前はここに立ち、これこれについて立会人になりなさい」と呼んだのだと思い、「自分を呼ぶ声を聞いた人が作家になるのだと思った」と続ける。「自分を超えたものに導かれたのでなければ、こんなに深く他人の声を聞き取り、自分の魂にくぐらせて、自分と他者との合体した言葉として再び取り出すことはできないだろうと思えた」からだ。そして自分にはそんな声は聞こえなかったと思い、書くことはもう考えず、せめてよい読者であり続けたいという位置で小説を読み続けて、三十代半ばに至り、また事件に遭遇するのである。

今度は永瀬清子の「木蔭の人」という詩との出会いだ。

干刈は「それまで私は、現代詩はなんとむずかしくわかりにくいのだろうと思っていた。でも永瀬清子さんの詩は、私の見慣れた情景から、その奥に潜んでいるものを指し示してくれるような詩で、むずかしい言葉など一つもなかった」と書く。それでいて、「ただの日常の言葉ではなく、その奥へとたどりつくために選ばれ、問い直され、鍛えられた言葉だ」と。

詩の内容は、ある男性の前に立つことに小さなよろこびを覚える女性「私」が、男性の妻「あなた」の警戒と心配を感じて、「わたしら女と云うもののあわれさ」を身にしみて感じるというものだ。「木蔭の人」とは妻のことで、「私はさっきから木の陰で／あなたがじっとみていらっしゃることに気づいていた」ではじまる。

さびしいような潮が私の胸にこみあげる。
幸福なあなたから／ほんとは私は何一つ取上げようとはしていない。

ただ一人前の人間らしく／お話出来るのがうれしいのだ。

ああ邪悪な何ものにも乱されず――

そして最後にこう結ぶ。「私の心は次第次第にうなだれる。／ああどうしてだかわたしら女と云うもののあわれさに――」

干刈は、この詩を読み、その対句として「樹下の家族」を書きはじめたと述懐している。家庭人であるひとりの男性をはさんで、永瀬とは逆に、妻の側からということだ。

かつて夫の家庭外の恋愛に苦しんだこともある干刈は、外から見れば「夫にいたわられて」「幸福」に見えるかもしれない妻が現に投げ込まれている状況を描いていく。

作品は小学生の男の子を二人持つ三十七歳の主婦が、ジョン・レノンの死を報じた新聞をきっかけに二十歳の予備校生とお茶を飲むところからはじまる。彼女は話しているうちに青年につられて笑いながら、「こんなふうに笑うのは久しぶりだ」と思う。「このごろ台所で米を研いだり、野菜を刻んだりしながら、独り言を言っている自分に気づくことがある」彼女は、ふと歩きたくなり、友人の店で青年に夕食をごちそうすることにして、夜の街を歩きながら六十年安保闘争のデモに参加した高校生以後の「二十年」を振り返るのである。

彼女と青年との会話はウィットにあふれ、あくまで軽妙洒脱だが、その背後にしだいに不安定な精神状態が見えてくる。それは「仕事が認められて忙しくなってきた夫に負担をかけるのは間違っている、と思いつづけ（略）ゴーマンにも一人でがんばることで、夫と子供の間を隔て、家庭からはじきだしていたのかもしれない」と悩む妻の姿であり、「男たちに伴走するだけではいけないという道のべの声」にふらつきながら、「今日も夫と話をしなかったとうつむき」「何の気持の交流もないままに抱き合うことへのさびしさ」を抱え、隠れてアルコールを飲んでは「台所の壁を見ながら、頭がぐらぐらしている時の感じ、たまらない」と思う妻の姿である。

その日はじめて会った青年と夜の街を歩くのも、「外で飲む方が救われる」からなのだ。

彼女は、子どもたちが「私という危うい母親の、価値観の混乱も不安も苛立ちも、まともに受けてしまう」ことを恐れ、父親が日々身近にいて修正してくれたらと願う。そして夫を仕事場に閉じこめてしまった巨大な社会機構のようなものに憎しみを覚え、まわりに自分と同じような女性たちがたくさんいることを思って、ふいに「自分がどこに立ち、どんなことの立会人になっていたのか」ということに気づくのである。

戦後急速に発展した日本の経済は、街のようすも夫たちの働き方も子どもたちの遊びも変えてしまった。女性のライフサイクルは「人生五十年」時代から「人生八十年」時代へと移行し、産む子どもの数は急速に減って、千刈が生まれた戦前の文化の尺度では考えられない状況が生じている。わけても変化の激しい東京という街で、妻・母・主婦という役割を生きている自分は、実はこれまでだれも経験してこなかった歴史の立会人ではないのか――。

千刈は、いま青年と歩いている風景の奥に、高校生の自分が六十年安保闘争のデモで歩いたときの風景を重ね合わせ、その日デモで命を落とした東大生・樺美智子にこう呼びかける。

美智子さん、あなたが考えていた革命とはどのようなものでしょうか。私もまたカクメイを考えています。もう一度〈世の中〉とか〈人間〉とかの言葉を臆面もなく使って、ものを考えたくなっています。この二十年という変化の激しい時を生き、今は母親になった私は、片足は現代人の岸に片足は生物の岸にひっかけ、急速に離れていく両岸のために股裂きになりそうになりながら、女性性器に力をこめて踏み耐え、失語症的奇声を発するこっけいな女性闘士《アマゾネス》にならざるを得ません。

千刈は「アァウゥアァウゥアァウゥ、何かをもう一度もとのところから考え直そうよ」と奇声を発して叫びながら、自分の生活している時と場を、たとえば次のように切り取っていく。

《親が〈稼ぎ〉に夢中になっている間に、子供たちもまた、一人っきりの夢の中にもぐりこもうとしている。電子ゲーム、望遠鏡、パソコン、プラモデル、ラジカセ、マンガの中の地球破滅物語。それが現代の〈ハメルーンの笛吹き男〉だ。子供たちは彼に連れられて、人間の街から去っていく》

《私はこのごろ、ねじれ過敏症《アレルギー》のようです。子供を育てるというけれど、本来は放っておけば早く自立するものを、手をかけることで妨げているという感じ。そして子供をダメにすることは、マイナスとして言われているけれど、もしかしたら走り続ける社会の中で次代を担う子供をダメにすることは、突っ走ることを引き戻す役に立っているのではないかという感じ》

《私は一人の妻としては夫を愛し、夫に寄り添っていきたい。夫もまた不器用ながら、それに応えてくれていると思います。でも、夫と私との間で何かが違っている。たしかに夫は特別に仕事の好きな人間だけれど、その背後に彼をとりこんでいる巨大な現代社会というものを感じるのです》

急速な経済成長の陰で、自分たちは今たいへんな状況を生きているのではないか。水俣病のように目に見える病気ではないけれども、機械文明や能率主義という進歩の行きつく先で、もっと恐ろしい不気味なものに飲み込まれようとしているのではないか——。

「樹下の家族」は、そんな状況の下で、ひとりの主婦が、仕事に乗っ取られてしまったような夫への違和感に思い悩み、その悩み自体が「優雅な奥様のお道楽」ではないのかとさらに懊悩し、「私はあなたが好き、（略）働いてくれて有難いとも思っている。でも、もう仕事はいいからこっちへ来て」と夫に向かって叫ぶ求愛小説である。そして、その個々の叫びを大きなうねりに変えて、一人ひとりの女が男の足を引っ張ることで、現代人を生命の岸に引き戻そうと呼びかける「カクメイ」を企図した小説なのである。

情報の時代の人間である私は、女たちが言葉にならない言葉で訴えようとしているアァウゥに対する、背筋も氷るような一つの、そして最もあり得るかもしれない応答も知っています。主婦症候群という心や体の変調に陥った女たち、寂しさから浮気に走った女たちのレポートの中で、一人の夫が言った言葉です。

〈私はもう妻が何を考えているのか、いちいちかかわりたくありません。だが、私が一生懸命働いている間に、妻が暇をもて余してわけのわからないことを考えていたのかと思うと、すべてが虚しくなります〉

この文章のあとに、干刈は「けれど（略）私たちはもっともっと惑乱して、男たちに語りかけるべきなのでしょう」と続ける。「私たちは男たちに、ではなく、私は夫に」と。

そして、「その朝〈今が大事なとき。今日は行かなければならない〉と言って出かけて行った」樺美智子に、この大事なときに「私はどこに行けばいいのでしょうか」と問いかけ、「いいえ、私にはわかっているのです。女は、私は、全身女になって、〈おねがい、あなた、私を見て。私が欲しいのは、あなたなの〉と叫べばいいのです」と答えるのだ。

「『呼ばれる』ということは『自覚する』ことなのだとわかった時、私は三十九歳になっていた」

と干刈は先のエッセイに記している。そしてこの三十九歳という年こそ、彼女が「樹下の家族」で海燕新人文学賞を受賞し、作家として出発した年である。

その後、彼女は、「しずかにわたすこがねのゆびわ」「ゆっくり東京女子マラソン」など、多くの女性たちの声が交錯する小説を書くが、それは「自分がどこに立ち、どんなことの立会人になっていたのか」ということを自覚した彼女が、石牟礼道子に通じる方法として意図的に用いたものだろう。かつて石牟礼に捧げた「自分を超えたものに導かれたのでなければ、こんなに深く他人の声を聞き取り、自分の魂にくぐらせて、自分と他者との合体した言葉として再び取り出すことはできないだろう」という讃辞は、そのまま干刈の著作にあてはまるといっていい。読者の会に寄せられた「わたし、干刈あがたの生まれ変わりとちゃうやろか」という声や、「私は妻になったことも、母になったこともない。しかし、なぜか（略）深く共鳴してしまう。それは（略）女性としてのきわめて感覚的部分を、干刈さんが言語という道具で見事に表現してくれているからだと思う」という感想は、干刈の文学が彼女の望んだ通り同時代に生きる人間の思いを映し出している証だろう。

デビュー作になる「樹下の家族」を書き上げたとき、干刈は友人の毛利悦子にこんな手紙を書いている。

> 書いていた小説が書き終わり、清書している途中手を休めて手紙を書いています。（略）「樹

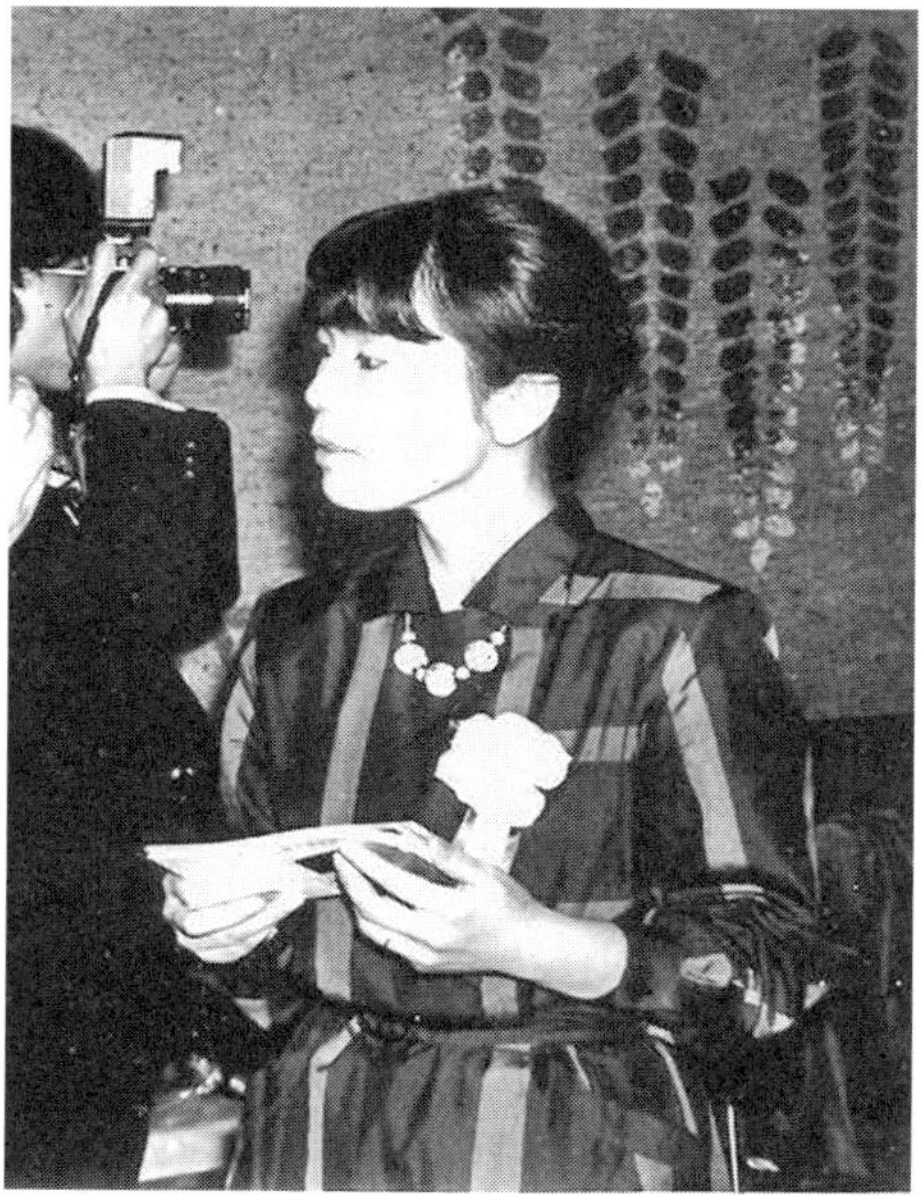

海燕新人賞授賞式で

下の家族」という小説。現代生活の中で夫との対話の時間もなく、気持ちも体も離れそうになっている妻が、二十年を振り返り、もう一度やりなおそうと思う——というような小説です。書きあがったら、文藝雑誌の新人賞に応募してみるつもりで、今度はそういうふうに、正式なルートで、他人のきびしい眼にさらして、自分の書くものを問うてみたい。（略）自分の人生と文学が地続きになり、それが、同時代に生きる人間の思いを映し出している、そういうものを私は書きたいし、その意味では、私が主婦として、子を育てながら考えてきた事は無駄じゃなかったというふうに思います。

（「『樹下の家族』をめぐる資料から」『コスモス会通信』1号、傍点引用者）

一九八二年六月三十日締め切りの海燕新人文学賞にこの小説は応募され、同年九月十日に受賞の知らせが届く。作品が掲載された『海燕』十一月号が発行されたのが翌十月。その二か月後の十二月十六日に、干刈は、二児をもうけた十五年の結婚生活にピリオドを打っている。

自分の立つ場所を自覚し、夫と「もう一度やりなおそうと思う」小説を書いて世に問うた彼女が、その後わずか半年で離婚したことになる。

この間、彼女に、いったい何があったのだろう。

増田みず子は、先にあげた「干刈あがたの青春」で、干刈の性格に興味深い言及をしている。最初に干刈を見たのは、彼女が受賞した海燕新人賞の授賞パーティだったという。同じく『海燕』に小説を発表する新人作家として招待された増田は、担当編集者から、「早稲田の政経を中退、子どももいて離婚し、受賞作はその離婚のことを書いた小説」だと教えられ、しっかりした態度で挨拶する干刈の姿を見て、「知的で行動力のある現代ふうのかっこよい才女」といった像をインプットされる。それを裏付けるかのように作品内の二人の子持ちの女主人公は、「おしなべて明るく、あきらめがよく、用心深いが、いくらかおっちょこちょいで人がよい」。ところが学生時代を描いた「ウォーク.inチャコールグレイ」の主人公・信子には、「自分を臆病者と思っている」陰気な影がある。増田は「用心深さと大胆なところがミックスされた性格」が「若いころからの干刈あがたさんの性格の特徴でもあったのだろう」と推測するのである。

『樹下の家族』発売当日、書店にて

たしかに干刈の作品の中の主人公には二面性がある。たとえば「樹下の家族」では、夫のアシスタントに「俺、そういうベタベタしない夫婦、理想だなあ」といわれてしまうほど闊達でさばけた性格が描かれる。家へ帰ってこない夫の仕事場へ来た妻という役を「シンコク劇ではなくカラリと」演じてしまうのだ。子どもたちとのやりとりもユーモアにあふれ、十七歳も年下の若者を行きつけの飲み屋に誘う積極性も持っている。しかし、家では台所の壁を見てひとりいじいじと悩む暗さがきわだつ。

実際の干刈の行動を検証しても、人前でうまくしゃべれないほど内気な面を見せるかと思うと、勤めを辞めひとりで海外へ旅に出たり、大学で新しい新聞を立ち上げ〈女子学生亡国論〉で話題になった教授に

早稲田大学時代

単独インタビューをしたり、ベビーシッターのアルバイトでよその家庭に住み込んだりと、突如、積極果敢な面を見せる。彼女の高校時代からの友人・毛利悦子は「彼女はとても口数の少ないおとなしい人でしたが、人の輪の中で周りをよく見ていて、その場の雰囲気にとけ込んで楽しい人でした」（『干刈作品が橋渡しになれば…』『コスモス会通信』0号）と証言している。一方、父親の前では、「話す時は顔を上げて、人の目を見て話せ。はっきり人に聞こえるように物を言え。お前はいつもそうだ」（『しずかにわたすこがねのゆびわ』）と怒鳴られるほど、自分でも陰気だと思うおどおどした性格である。

この二面性は、ミックスされているというよりは、暗い人格と明るい人格が、別人格のように分離して存在するせいなのではないか。

第一章で見たように、千刈は父親の強い圧迫のもとで育っている。ひとりの人間に二つ以上の人格状態が存在する病態を、多重人格・解離性同一性障害（ＤＩＤ）というが、これは小児期の虐待と関係がある場合がほとんどだという。もともと子どもは成人に比べて催眠感受性（解離能力）が高く、小児期の外傷体験がこの解離能力をさらに高めるからだ。

虐待に遭っている子どもは、「これは自分に起こっている出来事ではない」「何も起こらなかった」「痛くない」と自己催眠をかけ、具体的に避けられない苦痛から精神的避難をすることによって事態を乗り切ろうとし、解離能力を高めていく。どんなに苦痛な仕打ちを受けても、家族や周囲の成人への愛着を断ち切ることができないという構造が解離を促進し、この解離が習慣化し成人期まで持ち越されて、ＤＩＤの基礎になるのだという。

千刈の場合、明瞭な人格交代があるわけではないから、病気とはいえないだろうが、人前ではおおむね明るく闊達なのに、父親の前や自分ひとりになると途端に自信をなくし怯えた子どものようになるのを見ていると、父親の圧迫がトラウマになって病的傾向を生んだのではないかと思えてくる。ＤＩＤの症状である「より受身的で情緒的にも控えめな人格状態と、より支配的、自己主張的、保護的、または敵対的で、時には性的にもより積極的、開放的な人格状態という対照的な二つの人格状態を持つことが多い」という二面性は、彼女の作品の主人公にも相通じるところがあるのではないか。

「入江の宴」や「ウォークinチャコールグレイ」には、大学生の主人公が、ほんとうは生きたいと思っていながら死の岸に招かれたくなる自殺願望が背後に隠れている。「樹下の家族」や「ウホッホ探険隊」には、つらいとき台所で酒を飲む主人公の姿が透かし絵のように浮かび上がる。これらはＤＩＤ患者に見られやすい精神症状・自殺企図やアルコール依存に近いというのは穿ちすぎだろうか。

当時としては珍しくなかったのかもしれないが、父親が専制君主のように君臨している家庭、それが干刈が生まれ育った家である。幼い干刈が、ときに暴言を吐く父親への愛着を捨てきれず、気に入られようと過剰適応して、父の前で別人格を育て解離させていったとしても不思議ではないだろう。

父親から「じりじりと焼かれ」「壊死してしまっているような」心を抱えた彼女が、実際に「家」から脱出できないかと考えはじめるのは高校生の頃だ。

高校三年生の干刈をモデルにして描いた「雲とブラウス」（『樹下の家族』83、福武書店）で、主人公「私」は、兄が、父親が大学に進学させてやるというにもかかわらず、高校卒業後、住込みの鮨屋に入るのを、「一種の合法的な家出のように思えた」と書く。「東京に家があるから家出するのだ、と私は思った。地方の人だったら、進学とか就職で東京へ出る、という形で家を離れられる」と。

通気孔のない袋のような家庭で、一家の経済を握った者から強く圧迫されれば、袋は裂け、中身は周囲に飛び散るだろう。やがて柳家の成員は、兄、干刈、妹、母の順で父の家から飛び出していく。

妹の場合は、「突然、父母の前にパリのフランス学校から送られてきた入学許可証と、高校を卒業してから勤めている間に貯金した通帳を並べてパリ行きを宣言すると、一週間後には出発」してしまうのである（「姉妹の部屋への鎮魂歌《たましずめ》」）。

父親に反抗するかたちで家を出ることのできない干刈が選んだ脱出方法、それが「結婚」だった。

夫となる浅井潔に愛情を感じていなかったわけではない。

彼との出会いを、離婚前に書いた「樹下の家族」で、干刈は次のように記す。


大学を中退して会社に入った私は、毎日勤務が終ると、新宿のジャズ喫茶に入り浸り、言葉のない、体のリズムが感応するだけのジャズに耽溺していました。そのころ私は会社で柴田に会いました。

〈デザイン展の作品に文案《コピー》をつけてください〉

〈先週デザイン展終ったばかりでしょう。あなたの入選作品も見ました〉

〈この次の作品です〉

他のデザイナー達が締め切り二カ月前に、さて応募作品にとりかかろうという時に、彼の作品はもう出来上がっているのでした。私は黙ってパネルに向う彼も、唇を閉ざす思いを知っている人だと感じました。会ったばかりの頃、彼は話しました。北京の煉瓦塀を染めていた夕焼け。阿媽《アマ》に背負われて散歩した北海《ペイハイ》公園の露店の、巴旦杏の砂糖菓子。引揚げ貨車で重なり合って眠ったこと。東支那海を渡る引揚船の中から、次々と海に投げ出されていった死者たち。

六歳の子供が見たそんな風景が、彼から言葉を奪ったのだという神話を作り上げるつもりはありません。けれどその後、夏に故郷で彼の母親とお酒をのみながら聞いた話、引揚げてきた一家がニッポンでどんな思いをしたかの話を併せる時、その一家の長男である彼の思いがわかる気がします。（略）この人となら一緒にやっていけるだろうと思いました。

結婚のいきさつは複数の作品に書かれているが、どの状況も一致しているから、この出会いが事実に近いと見ていいだろう。

夫・浅井潔が「樫山」、千刈が「芹子」のモデルとして登場する「しずかにわたすこがねのゆびわ」には「一人だけ二年連続入賞している樫山の作品の前に芹子は立ち止った。都市の群衆を思わせる人型の組み合わせの作品だ。流行デザイナーの亜流のような作品が多い中で、個性的ないい作品だと思った」というくだりがある。「窓の下の天の川」には「わたしにはそれらのデザインが気持よかった。（略）わたしはそうした感情や匂いや生活感のない、パターン化された人間のデザイン画にひかれたのだ。そして、そういうデザイン画を描く男にも」とある。

会社員時代

その男性が名指しで干刈に文案《コピー》を頼んだのだ。そこから交際がはじまったのだから、互いの能力を認め合っての結婚といっていいだろう。その意味では希望に満ちた出発である。

「樹下の家族」に、干刈は、「私たちは結婚した頃、子供は持たないという気持を共有していた。未来が決してよい時代とは思えないことと、自分一人でさえ、いろいろな思いを抱えてやっと生きているのに、子供を持つなんてという気持。暗室用の黒いカーテンを張りめぐらせた小さな部屋で、私たちは互に向き合うのではなく、夫はパネルに向い、私は原稿ノートに向うことで安定していた」と書いている。

だが、離婚後書かれた別の作品からは、彼から十全に愛されているという自信は持てないままの結婚だったことがうかがえる。彼は婚約していた女性とケンカ別れしたばかりだったし、干刈との交際がはじまってからも千刈の女友だちに興味を示したりする。「しずかにわたすこがねのゆびわ」には、「わたしは身代わりだ。（略）でも、私を私として愛してくれる人がいないのだから仕方がない」という言葉が出てくる。同じ作品で、千刈の方もひそかに好意を抱いていた男性の結婚を知ってショックを受けていた時期だったことがわかる。千刈は小説「裸」で、「夫に（略）悪いことしたと思っている。その時はそう思わなかったけれど、何かを諦めて結婚したような気がするの」と振り返っている。

　もちろん離婚前と離婚後では同じ「事実」でも受け取り方がちがってくることはあるだろう。書けることと書けないこともある。掘り下げなくては自分の気持ちすら正確にはわからないということもある。時間がたってはじめてわかるということもあるにちがいない。自分自身に隠しておきたいこともあるだろう。そして小説はあくまでフィクションである。

　千刈をモデルとする芹子も、愛されているという自覚なしに結婚することにはためらいがあった。友人の百合子だったら「今のうちにやめるだろうか。やさしい父親と母親がいるのだから」と思う。しかし芹子は、「今からでもそうすることはできるのに、やはり私はこの道を歩いていく。／今まで、誰が、私を嫁にしてくれると言っただろう。／小さなことよりも、その大きなことを見ていればよいのだ。私がこれからやっていくのは父でも母でもない」と思うのだ。

　このあたりの事情は後でもう少しくわしく見ていくつもりなので、ここで深くはふれないが、二十四歳の千刈は、とにかく親の家から離れられる結婚へと踏み込んでいく。「何かを諦めて」、しかし、ある健気な決意を持って。

自分の性格がこうだからと、言い訳して、自分の中に籠っていないで、人と話をしたり、できるようになろう、そう思ってるの。努力でできるかどうかわからないけど……しないよりいいでしょう。（略）あの人は仕事が好きだし、才能もあるわ。私はあの人が自分を充分生かせるように、妻としてやっていこうと思っている。その気持を持っていれば、ほかのことは足りなくてもいいのではないか、そう思っているの。

こうしてはじまった夫との、義弟二人が同居する新婚生活は、夫婦水入らずの甘さはなかったものの、思いのほか幸福に、順調に進んでいったようだ。

結婚してはじめての大晦日を迎えた夜、大学生と高校生の義弟を含めた四人で初詣に出かけたときの情景が「姉妹の部屋への鎮魂歌《たましずめ》」に出てくる。

「嫂さん、ここは神様と仏様とキリストが守っているから幸福になれますよ」

仕事一筋で新婚の妻にもあまり構わないように見える兄を補おうとするように、大学生の義弟が言ってくれたが、私はそんなふうに大晦日を過ごせるだけで充分に幸福だった。（略）実家で父と母と妹と四人で食卓を囲む時よりも、椎の樹の茶の間で卓袱台を囲む私は、落着いてゆっくり咀嚼することができた。スープの中から高校生の義弟が輪ゴムをつまみ上げても、それは笑いの種になった。実家だったら修羅場になったことだろう。

デザイナーとして仕事に邁進する夫を支え、干刈は家事のかたわらフリー・ライターの仕事をして過ごす。しかし、結婚して二年が過ぎ、二十六歳になったとき、突然のように子どもがほしくなる。干刈はその願いを口にするが、夫は何もいわず避妊を続ける。そんな夫に、干刈は「今日は大丈夫よ」とささやいて子どもを授かるのだ。

「私が夫に負担をかけずに子供を育てようとしていたのも、私は夫をだまして子を産んだような気がしていたからだ」と「樹下の家族」に干刈は書いている。

一般に、経済面でも愛情面でも自分がコントロールできない状況にいるとき、女性が子どもを産みたがることがあるという。のちに彼女は「窓の下の天の川」で「わたしは、もし、夫とのあいだに情愛のようなものが感じられたなら、子はいなくてもよかったのだと思う。それは、あとから知ったことだ。人はよく、愛する人の子がほしいと言う。わたしはそうではなかった。じぶんが愛するものがほしかったのだ」と書く。子どもが夫の代わりに、彼女のエロスの対象になったということだろう。

これ以後、彼女は仕事をやめ、育児と家事中心の生活をすることになる。

夫の稼ぎで経済的な心配はなく、はじめて自分がコントロールできる子どもを持った彼女は満、ち足りた生活を送る。「子供を抱いて部屋の中にいると、私は自分が樹々の呼吸と一緒に息をし、地球の自転に乗って日のめぐりの中にいるような気がしました」と干刈は書く。彼女にとって、新たに手に入れた家庭ははじめて手にした宝物だったのだ。「私には今の生活が恵みのように感じられ、救われています」といい、「伸也とお腹の子が幼稚園に入り、学校に入り、やがて成人して家を出て行く。そして私はこの土地で平凡に年を取っていければいい。平凡でも、周りにいるすぐれた人に、その手よし、と言えるようなものを自分の中に持てればいいと思う」というのだ(「姉妹の部屋への鎮魂歌《たましずめ》」)。

しかし、この幸福な生活の中でも、ずっと自分を支配してきた父の影は依然として消えない。「私は今でも何かに追われているような夢にうなされ夜中に眼が醒めて、傍らに眠っている夫や伸也の顔を見て、ああ私はもうあの花梨の樹の家にいるのではないとホッとすることがあります。この家に来たばかりのころ、あまりの静けさに不安を感じたのは、周囲に騒音がないためばかりではなく、いつも気持の安らぐことがなかった実家から離れた安心感に、まだ慣れていなかったのだろうと思います」と干刈は続ける。

だから、母・アイが、子どもたちが全員家を出たあと父との離婚調停に踏み切り、干刈の家の近くにアパートを借りたとき、災難が追いすがってきたような気がして、「お願いだから、どこか違う場所にして。母さんをあの家に追い返すつもりはないのよ。ただ、あまりにも近すぎるわ。私が匿っていると思われるのが怖いのよ。何が起るかわからないもの」と怯えもする。干刈にとって、父の脅威はそれほど強いものだったのだ。

父母の離婚が成立して、父が再婚して別の家庭を持っても、父の影は彼女の上に重く居すわり続ける。「今度の父とのことは、私にとっての手術だったんだわ」というほど大きな契機になった「父」を吹っ切る過程は、第一章で見たので繰り返さないが、それができたのは、父への経済的依存から離れていたことと、結婚生活や子育てを通して父と戦えるだけの精神的強さを身につけざるをえなかったことが大きいだろう。

庭で息子たちと

夫に存分に仕事をしてもらおうと思っていた千刈は、結婚以後、子育て、家事、雑用を一手に引き受けてがんばり続けてきた。それはつねに夫や子どものしたいことを優先させて、自分のことは後回しにする生活であり、思い切り自分のために時間を使うことなどない生活であるが、彼女は、「マラソン武士道を守り、決してふり返ったりキョロキョロしなかった円谷選手」のように「主婦道一直線」で走り続けた(「樹下の家族」)。

その結果、どうなったか——。彼女は同じ作品で次のようにいう。

《人との折衝や心理的なイザコザが嫌いな夫の肩代りを私がすることは、ますます彼を仕事の場だけに追いこんでいるのかもしれない。子供が小さかった頃、夏に柴田の実家へ子供たちを連れて行くのも、仕事が忙しいと言われれば、私は次郎を背負い太郎の手を引き、オムツの入った大きな鞄をかかえて、がんばって信越線に乗った。それが夫を助け家庭を守っていくことだと思っていた。でもそれは間違っていたのかもしれない》

《以前この近くに借りていた仕事場が手狭になって、もっと広いところを欲しがっていた夫の気持ちを察して、物件を捜したり銀行融資の交渉をしたのは私自身だった。家庭とか子供のことにもかかわって欲しいという気持を、あの鉄扉の中に閉じこめてしまったのかもしれない》

「仕事」が夫と家庭を隔ててしまったことを干刈は憂える。しかし、これは彼女が、もう一度夫とやり直すことを企図して書かれた、夫に読まれることを充分に意識しての小説である。

このときの彼女は、以前のおどおどと父に怯える彼女ではない。夫をひたすら信じていただけの妻ではない。父との決別をすませ、「主婦道一直線」の罠に気づいた後の彼女である。

ここまでくるために、彼女はさまざまな思いをくぐりぬけている。

たとえば長男が幼稚園に入った頃だ。三十二歳の彼女は、「織物なら家にいて中途半端な時間でもできると思って」、二歳の次男の手を引いて織物教室に通う。そして、「ちょうど時間がほぼ同じだったから、何度か会社へ行く夫の車に乗せてもらったの……そうしたら、こっちは寝る暇もないほど働いているのに、そっちは運転手つきでお稽古事かって……そのあと織機の前に坐ったら、からだが動かないの……冷や汗がにじんできて……（略）それが彼流の冗談なんだってわかっているのよ……あの人、ただ言い方が不器用なだけなの……わかってるの、でも……私は、夫は忙しい人だから、不満を言ったりする間に自分の勉強をしようと、そう思っていたのね……」（「しずかにわたすこがねのゆびわ」）と友人に打ち明けずにはいられない思いをする。

次男が幼稚園に入った三十四歳の頃にはこんなことがある。

きのう、私は二郎を幼稚園に迎えに行ってから、そのままあの子を連れて電車に乗り、あの人の仕事場に行った。印鑑を持ってくるようにというので、届けにいった。電話をすると駅前で待っているようにというので待った。二十五分待った。木枯らしが吹きすさび、二郎は鼻水をたらした。あの人は印鑑を受け取ると、二郎と二こと三こと話すと、もうすぐ銀行がしまる時間だからと立ち去った。そのあいだ一分足らずだった。本当に銀行の閉店前だったし、ほとんど言葉もかわさなかったのは、私はさびしかったけれど、私は妻だし、妻は夫のかせいでくれたお金で食べさせてもらっているのだし、その仕事のために印鑑がいるのだから、むしろ私の方が感謝するべきなのだからと思って、私はさびしいなどとはいってはいけないのだからと思って、むしろ自分はあまえていると思って、二郎に帰ろうねといって、手をひいて駅の自動販売機で切符を買おうとすると、どうしても、どこまで買えばよいのかわからなくて、頭のなかが真白になってしまって、胸がどきどきして、叫び出しそうになってしまって、なんだかまわりの景色が遠くに見えて、じぶんがまわりから離れて一人でぽつんと立っているような感じで、ただ二郎が私と手をつないでいたので、私は二郎の手をしっかりにぎっていた。お母さんどうしたのという二郎の声で、やっと私は自分がどうかしていることに気がついた。

のちに、彼女は、「一つの家庭の中で、親は子を、夫は妻を、収入のある者はそれで養われている者を、保護しているつもりでも、子にとって、妻にとって、養われている者にとって、それはときに息苦しいものだ。与える者の無意識と、与えられる者の意識の差は大きい」と書いている（「窓の下の天の川」）。

しかし、ほんとうに彼女を打ちのめしたのはそんなことではない。夫の家庭外の恋愛である。

人が親切に教えてくれた頃にはもう終わっていたようだが、その後、数年間、彼女は「帰宅時間も遅く宿泊も多い夫を疑うことに苦しみ」（「裸」）、変になってしまう。胸がドキドキして、教えられた相手の工房の前や夫の仕事場に行ってしまったり、わざと茶碗を割ったり包丁で指を切ったりしてしまうのだ。

私がこうなったのはじぶんに責任がある。じぶんの気持で結婚したのだし、じぶんの性格にも問題がある。（略）私は私を殴りつけず、いつもじぶんをちくちくと刺している。（略）私はそれに、いつまでもこだわっている。私たちは、やりなおそうとした。あの人が、そう思っていることは、わかった。どんなに遅くなっても、帰ってくるようになった。午前二時三時でも、疲れていても帰ってくるようになった。（略）でも、だめ。かたく、かたく、眼をつむってしまう。皮膚をとざしてしまう。（略）私の、なにかが、壊れてしまっていた。（略）私は、もう違ってしまった。きよらかに、あの人を信じて、あの人の仕事のために、あの人を生かすために、あの人とまじわる時に、私のすべてを注ぎこむことが、出来なくなってしまっている。私は、こういうじぶんが嫌でたまらない。じぶんでもつらい。あの人も、こういう妻をもって、やりきれないだろう。私が男だったら、こういう女は、うっとうしいだろうなあと思う。私は、こういう私が嫌でたまらない。私は私をあいすることができない。あの人にあいされないのも、あたりまえだと思う。

（「しずかにわたすこがねのゆびわ」）

三十半ばも過ぎたのに、まだ「父の影の中」にいた干刈は、どこまでも自分を否定的にとらえる。一般に抑圧された人ほど自分が悪いと感じ、罪の意識を持ちやすくなるというが、ここでも彼女は、夫ではなく自分を責める。感じないようにすることで自分を守っているから、なかでも一番「怒り」を抑圧する。

干刈は、「父が自分を殴るのは自分が期待に添えない悪い子だから→父が殴るのも当たり前→だから自分は良い子にならなくては」と思うのと同じ図式で、「夫が浮気するのは自分がいたらない妻だから→夫に愛されないのも当たり前→だから、愛されるに値する妻にならなくては」と思うのである。

「私ね、一人であれこれ考えている暇があるから、いけないいんだと思うの。（略）自分自身が一生懸命働いていれば、じくじくと考えることないと思う。また少しずつ、仕事をしようと思うわ。何が出来るか、わからないけれど。私ね、手初めにやってみようと思っていることがあるの。（略）この路地一つでも暮し方が変ってきていることや、女の眼から見えることや考えることなど、少しずつ書きためていたのよ。それを整理して、本にしようかと思うの」

彼女は友人に自分の思いを打ち明ける。そして、夫の会社の営業種目に出版も入っていたことを考え合わせて、「駄目かと思ったけれど」、勇気を出して頼んでみるのだ。夫は快く引き受け、のちに干刈と父の争いの種になる本『ふりむんコレクション　島唄』を作ってくれる。彼女が三十六歳の五月のことだ。

彼女は並行して、以前やっていた雑誌の下請けの取材やインタビューを記事にまとめる仕事もはじめる。「子供を育てながら家庭生活と社会とのつながりを考えていく女性たちの集まりに共感を持って、時間の許すかぎり参加」もする（「与那覇恵子作成年譜」『干刈あがたの文学世界』）。

成長したい、自己表現したいというような思いは、誰でも生まれながらに持っている根源的な欲求だろう。彼女はそうすることで自分の自信を回復させ、夫にもひとりの人間として認めてもらいたかったのではないか。

あるいは、学生時代に読んだボーヴォワールとサルトル、高群逸枝と橋本憲三のような男女のあり方が理想としてあったのかもしれない。夫婦が互いの仕事を深く理解し、それぞれの能力を発展させ続けることを励ましあうような――。

その頃の干刈について、友人の毛利悦子は、「驚くほどたくさんのコンサートやパントマイムから朗読、津軽三味線や太鼓の演奏会を観て歩いていた。そして、その時々の舞台の感動と共に、それぞれがすさまじい自己表現なのだと熱心に話してくれたことが思い出される。／また、資料の中には、シナリオのテキストがあった。この頃彼女は自分の心を伝えるための方法を、必死で模索していたのかもしれない、と今思う」（「『樹下の家族』をめぐる資料から」『コスモス会通信』1号）と書いている。

ある歌手に送った彼女の詞が採用され、その曲が歌われるライブに出かけた夜のことだ。干刈

女友だちと（左端が干刈）

をモデルとする主人公はコンサートがはねたあと、友だちの道子と一緒にタクシーに乗り、夫の仕事場へ行く。「自分が家庭外で見たもの、出来たわずかなことを話すことで共有したかった」からだ。彼女がドアを開けて「今、終わったの」と声をかけると、夫は背中を向けたまま「今夜は泊るから帰れないよ」といい、道子が「今晩は」と声をかけたときにはじめて振り返って、「ああ」と笑うのだ。「自分が初めて少し出来たと思ったことは、夫の仕事にくらべれば遊びに過ぎなかったことを思い知らされた」と、続けて干刈は書く（「裸」）。

そんな状況の中で、『ふりむんコレクション　島唄』は、婦人雑誌で取り上げられたり、読書グループから問い合わせがきたり、歌手の加藤登紀子から作詞の依頼がきたりといったささやかな反響を得る。それらは干刈に小さな手応えを感じさせたが、同時に重い出来事も運んできた。先にふれたように、本の内容に激怒した父から、一年にわたって執拗な抗議が続くようになるのだ。その結果、「ためていたものを全部はき出すように書いた」大切な本は、在庫すべてを焼却処分することになり、干刈をかばっていた夫にも「俺はいつまでも、こんなことやってられないよ」といわれるほど迷惑をかけてしまう。

父と刺し違えて死のうとまで思いつめる過程で、彼女の中で幼少の頃からずっと抑えてきたもの、「いのち」の源からの叫びのようなものが、地殻変動のように動きはじめたのではないか。

干刈が大学に入学し、中退して就職するまでを描いた「ウォークinチャコールグレイ」には、彼女が知りたいことを求めてさかんに本を読むようすが出てくる。その頃もてはやされていた本を読んでも、「いま、読みたいのはそういうものではない」と感じる。「何かもっと心に深くしみて自分そのものの言葉のように感じられるもの。いや、いまの自分を、もうすこし広々とした場所に連れ出してくれるようなもの」をと思うのだ。

「男の人と同じ教科書で経済学や英語をやっても、なんだか実にならないみたいなの。自分がなぜ、何を知りたいのかという、最初の核のようなものがないと。女の人の本を読んでいるとね、その核のようなものが見つかることがあるんです。（略）青鞜の人たちの本とか」と彼女は男性の友人にいう。『青鞜』とは、当時の家父長制度から女性を解放するという思想のもとに、平塚らいてうが明治四十四年に創刊した女性だけの文学誌で、「元始、女性は太陽であつた」という創刊の辞が有名である。

当時のことを思い出して、干刈は『永瀬清子詩集』の解説にこんなことを書いている。

私の心の中にはいつも、「女でもしっかりとした仕事を持って、身を立てるようにしなさい」と私には言いながら、自分は深いあきらめの溜息をついて薄暗い風呂場の焚き口にうずくまっている母の姿がありました。（略）私は内心でうっとおしさを感じていました。娘に期待するよりも、自分で自分を打ち破ったらどうなの……と。（略）よく整理しきれない気持を抱いて、そのころ私は、女性の書いたものを漁るように読みました。いたりするような人は、早くから才能があってそんな薄暗がりには関係なく芸術をやっているのか、私のギモンには光を当ててくれないようなものであるか、あるいは、書き手自身が闇に取り込まれて怨みつらみのブラックホールのようになり、作品からこちらに光が射してこないようなものか、ほとんどが、そのどちらかなのでした。

そのころはまだウーマン・リブやフェミニズム思想は表立ってはいず（そのころ私がギモンを抱いたように、それらも萌え出していたのだと思いますが）、ただボーヴォワールの著作がつぎつぎに出版されました。私にはそれは、強い光だけれど、あまりにも遠くにあって、一気にそこへ行こうとすればつまずいて転んでしまいそうな気がしました。私に必要なのは、自分の心の中の薄暗がりや足元を照らしてくれるような、身近で頼りになる明りなのでした。
そんな明りに巡り会えないままに、わたしは心の中に薄暗がりを抱いて薄暗がりの中を歩くように、結婚し子を産み生活し、ようやく三十代になってから永瀬清子の詩と巡り会いました。初めて永瀬清子の詩を読んだ時の印象は、彼女自身が自分の中の薄暗がりと周囲の闇を見つめる眼光の強さ自体が明りとなって、彼女の立っている場所の闇とつながっていることらの闇をも照らしてくれる、そんな感じでした。そんな人が一人、私の少し先を歩いている、と手に取るようにわかる心強さをこちらに伝えてくれたのです。

（「伝える、伝えられる」『永瀬清子詩集』解説、90、現代詩文庫）

なぜ彼女が「光よ、あがた（周辺）に届け」というペンネームをつけたのか、その由来がわかるような文章である。学生の頃から彼女は、「家で父親の圧迫感を感じたり、母親をみじめだと思ったり」する自分の「よく整理しきれない気持」に、何か解決の糸口をつけてくれるようなものはないかと探し求めていたのだった。

女に大学教育は必要ない、という父親の反対を押し切って、干刈は自分で学費を出すことを条件に、一年浪人して早稲田大学の新聞学科に入学している。学費的には国立大学が望ましかったのだが、干刈は理数系があまり得意ではなく、薬学系の受験に失敗してから文系の私立に志望をしぼったようだ。希望する新聞学科のある大学は二校しかなく、学費が安い方が早稲田大学だったという。

まだ大学進学が一般的ではない時代で、千刈はかなりまじめに、「自分が学べることの恵みを、自分一人のものとするのではなく社会に還していこう」と思う。「いつか自分が仕事を持つような女になって、風呂の焚き口にかがんでいる母を自分と一緒に、この家から、父から解放してやりたい」という思いも、漠然と「大学」につながっていた。

入学した千刈は、消極的な性格を奮い立たせて仲間と新しい新聞を立ち上げ、アルバイトをしながら学生生活を送る。しかし、父や異性や新聞や学費の問題をめぐって、結局は疲れてしまう。裕福な学生の多い中で、チャコールグレイのスカート一枚しか持っていない貧しい自分が汚いシミのように感じられる。加えて、「何かが根こそぎになったような気」にさせられる失恋体験が重なる。授業料も滞納し、父からは大学をやめろといわれる。

ある日、彼女はそんな事々が入れ代わりあらわれる夢を見る。夢の醒めぎわは、父と母が諍いをしている場面である。中学生の頃は、追いつめられた母が半狂乱になって包丁を首筋に当てる瞬間とび出していって止めたのに、夢の中の彼女は、もう私はお母さんのいい子じゃないの、と思いながら家からどんどん離れていく。そのとき、解放感が胸いっぱいにひろがって、「母を殺した」と叫ぶのだ。

またある日は、ビルから身投げした女性を偶然目撃する。主人公・信子は、「もし自分が身を投げたら、戻りたい、と思うだろう」と思う。「漠然と死にたいと思うことはあっても、本当に死にたいのではない。自分が思うように生きられないことがつらいのだ。本当は生きたいのだ。（略）けれど、生きていれば、いろいろなつらさを持った体一つごと生かしていかなければならない。体があれば、体の置き所が要り、食べていかねばならない。／ああ、楽に生きたい。何かからふっと手を離すように、楽になりたい。そんな思いだけで、あの人は身を投げ出したのかもしれない」と自分の心情を重ねるのである。

胸に理想はあった。大学できちんと勉強して、それを社会に還し、自分と母を「家」から解放する――。しかし、現実には大学に居続けるための学費を捻出することさえむずかしく、裕福な学友と一緒にお茶を飲む金も、同じようにお洒落する金もなく、毎日金の心配ばかりして勉強にも身が入らない。大学から授業料の督促状がきて、父親からは「金は自分で稼いで大学へ行くと大口たたいたのに、このざまは何だ。親に恥をかかせやがって。（略）Tさんの娘なんかはな、家に食費も入れて、お茶やお花も身につけて、もうすぐ嫁に行くそうだ。それにくらべて、お前のざまはどうだい。（略）大学生だって大きなツラしやがって、結局オールドミスになるのが関の山じゃねえか」と口汚く罵られ、額に湯呑みをぶつけられる。

彼女は泣くまいとこらえながら、「大学へ行くことは、貧しさや、家や、女であることから離れることだと思っていたが、かえって、それらの挟み打ちに会ってしまったような気」がして、「悪夢の中をあるいている」気分になる。

そんなおり、新しいアルバイト口を探していた彼女は、「ほんの腕だめしのつもり」で競争率の高いコピーライター適性試験を受け、本採用の合格通知を受け取るのだ。

「すごく不思議な気持がしてるの。（略）なんだか、とても嬉しいの。このごろずっと、なんて自分はダメなんだろうって、そんなことばかり考えていた。大学に入ってから、劣等感ばかり抱いていたような気がする。でもこれ見たら、私でも、少しは人に認められるようなところがあるのかなあ、と思える。就職するとか、そういうことと関係なく言ってるんだけど」


彼女はそう母に話しながら、「自分は本当は、就職したいのかもしれない。それは、自分が楽になるために、何かからふっと手を離してしまうことなのかもしれない」と思う。会社には大学は中退したと嘘をいい、彼女は学籍は残したまま試みに働いてみるが、「自分で金を稼ぎ、自分で使い、『自活』するということは、なんといいのだろう」とうっとりしてしまう。自分の印鑑を捺してはじめての給料をもらうと、ショルダーバッグを買い、「お金をつかうって、なんて楽しいのだろう」と思う。そしてまるで今までの飢餓感が一気に噴き出してくるように、三か月の間にいろいろな物を買ってしまうのだ。

「もう風雪に耐えるのはいやです。貧乏はいやです。時間とお金に追われるのはいやです。自分が学べることを何かに還していかなければ、なんて考えるのは、もう面倒です。母は母、私は私です。女の学問についてなんて、もう考えたくない。何もかも忘れてしまおう。月給一万二千六百円は素敵です。勉強なんてもうしなくていいです」と、千刈は大学をやめて就職していく。そして、自分自身にフタをするように、勤めが終わると、言葉のない、体のリズムが感応するだけのジャズに耽溺して日を送るのだ。
彼女が学生時代に読んだボーヴォワールの『第二の性』には、こんな箇所がある。

男性の幸運は――子供のころも大人になってからも同じこと――一番困難だがしかしまた一番確実でもある道へふみ込むように強制されているということだ。女性の不幸は大そう抵抗しにくい誘惑にいつもとりかこまれているということである。すべてが彼女をらくな坂道を下るように誘惑する。自分のために闘争することをすすめられるかわりに、彼女は、成り行きにまかせてさえおればすばらしい天国に到達できるというようにおしえられる。彼女が蜃気楼にだまされていたことに気がついたときは、すでにおそすぎる。そのときまでに彼女の力は尽きはててしまっている。

（ボーヴォワール著作集6『第二の性』66、人文書院、生島遼一訳）

「自分のために闘争すること」をあきらめた彼女は、そうして入った会社も女性には限界があることを肌身で知り、自分は仕事を続けても中途半端なことしかできそうもないからと辞め、「それなら家を守り子供を育て、夫に思い切り仕事をしてもらおう」と結婚していく（「姉妹の部屋への鎮魂歌《たましずめ》」）。自分の夢を夫に託し、自分の人生を丸ごと夫に預けることは美しいことだと信じて――。

再びボーヴォワールを引けば、「幼い頃から男性のうちにとうてい太刀打ちできぬ支配者を認めることに馴れ、しかも人間として生きたい欲求がおしころされていない女性が願うことは、こうした優越した存在の一つに向って自己の存在を超越することである。完全なもの、絶対的なものとおしえられてきた男性のうちに身も心も没入する以外に彼女のとるべき道はない。(略)彼女は自ら隷属を熱望することによって、自己の隷属を自己の自由の表現のように思いこもうとする」状況である。

薄暗い風呂場の焚き口にうずくまって、女でも手に職を持つよう繰り返しいった母の言葉に込められた意味は、娘にほんとうには伝わっていなかったのだ。千刈は闘争することを期待する母を殺し、服従することを要求する父に屈服して、それを自分に自らの自由意志と思い込ませてしまった。

「樹下の家族」には、「私が、男たちに伴走するだけではいけないという道のべの声にふらつくのは、その声が内なる声に重なるからだ」とある。しかし、千刈はこのあと「だが私の内なる声は、女よ自立しろ、自走せよ、とは言わない」と続ける。

千刈はまだ夫から離れようとは思っていない。夫抜きの人生というのは考えられない。子どもがいるということも大きな要因だったと思うが、たぶんこの作品の執筆時、彼女は夫が新たな恋愛をしていることに気づいていなかったのだろう。女性はいるかもしれないと思いながらも、あくまで「仕事」に取り込まれていると信じたかったのではないか。

短編小説「プラネタリウム」(『海燕』83・2)で、語り手の「私」は、仕事で滅多に家に帰らない夫にこう呼びかける。「あなたにとっては仕事以外は家庭も子どもも雑用なのでしょうか。あなたは家庭が不沈の航空母艦だと思っているのでしょうか。私は何度もあなたにSOS信号の電話をしました。子どもも寂しがっているし、私も体の半分が閉ざされているみたいな変な気持ちになるから、仕事が忙しくてもなるべく帰ってきて」と。

たしかに現実の夫の仕事は忙しかったと思われる。彼は書籍の表紙デザインや美術展の図録などをたくさん手がけていて、現在インターネットで検索しただけでもかなりの数にのぼる。「図録を超えた図録」とネットで紹介されていた厚さ二・五センチの『ウィリアム・ブレイク展』(90、国立西洋美術館編集、日本経済新聞社発行)を実際に見てみたが、なるほど根をつめなければできない仕事である。さまざまな形や大きさの絵・写真、作品説明や注、キャプションといったパーツが、ページごとに一枚の絵になるようにデザインされている。載っているのはブレイクの版画だが、本の一ページ一ページは千刈の夫のデザイン画という性質を持っている。仕事がそのまま自己表現につながるから、やりがいもあり、納得できるものにするまでには膨大な時間が要るだろう。

「仕事場の中にある、黒いカーテンを張ったスライド引伸し用の暗室。私はその中に入ったことはない。なんだかそこは、夫の聖なる場所、秘密の祭壇のような気がするのだ。そしてそこで作られるものはカタログ。(略)物や状況の実体を影にして刷りこんでしまうカタログを作るという、柴田の仕事を面白いと思う。私も好きなのだ」(「樹下の家族」)と干刈は書いている。夫の仕事を誇らしく思い、一心同体の妻として、その成果を自分に重ね合わせる部分もあっただろう。

しかし夫は妻とは独立した別人格として、仕事の合間に自分たち家族とではなく別の女性と過ごしていた。それを知ったとき、彼女は一度目の女性のときのショックとは違った、いいようのないむなしさ、脱力感を感じてしまったにちがいない。

それは自分の人生を他者に明け渡してしまったことへのむなしさ、苦さでもあったろう。中編小説「月曜日の兄弟たち」(『海燕』84・2)で、干刈は、「あのころ女子学生は誰もがボーヴォワールを読んでいた。自由で対等な男と女の在り方。片眼ではその理想を見ていた。それを手に入れられなかったのは、私じしんの生き方の結果だから、だから誰も責められない」と書いている。このとき、彼女ははっきりと自分の生き方の変更を迫られたのではないか。

同じく『海燕』に翌年発表された中編小説「裸」には、「二十代の頃に読んだものや考えていたことが、このごろになって、しみじみと理解できたり、内から自分を促したりする。あのころは何一つわかってはいなかったような気がするが、魂のどこかに滲みこんでいたようだ」とある。何か変だぞと思いながら、それを追求すればこの社会では生きにくいことを本能的に悟って、無意識のうちに押し込めていた疑問、それが心の地下から芽吹いたともいえる。父にきつくしつけられてしまった彼女は、父の視点を内在化していて、正義や公平を求める抗議の言葉を心の内ですら容易に口にできなくなっていたのだ。

前にも引用したが、「娘たちは誰も『母の影を負って』生まれ育っているのだと思います」と干刈は書いている。「女とは、家庭とはこうあるべき、女の性はこういうもの、という中で育てられた私たちは、なかなかそれを意識化できないけれど、自分の人生の中のある時期、何か男と女の関係について、家庭とは何かを考えざるを得ないような出来事に遭った時に、初めてそれに気づき、母親から私たちが受け継いだものについて、それまでと違った光を当てて考えてみたくなったりするのだと思います」と。

ボーヴォワールはこういう。「自己を忘れ、献身し犠牲になってきた女のほうがはるかに突然の啓示に気が顛倒する《わたしはいっぺんだけしか生きられないのに、こんなことになってしまった！》。そのとき、周囲の者をびっくりさすような目ざましい変化が彼女におこる。避難所を追いだされ、なすところを知らず、彼女は突如ひとりぼっちで、自分自身と向きあうのだ。（略）この新たな前途を前にして、彼女は過去をふりかえる。一線を劃する総勘定のときが来た。（略）人生からいままで窮屈な制限ばかりおしつけられていたことを知って、ぞっとする」（『第二の性』）

親の家を出られるという理由で他人に人生を預けてしまったツケが、いま回ってきたことに、干刈はやっと気づいたのだ。だが、人間はそう簡単には変われない。

干刈は、「私たちは新しくなろうとする時、自分自身の中にある古いものに、ムチ打たれる。新しくなろうとする自分を、古い自分が責め苛む」（「裸」）とその葛藤にふれている。

離婚の経緯を描いた「ウホッホ探険隊」には、「私は闇にむかって眼を見ひらいていた。もういいですか。まだですか。子供のためには、どうしたらよいのですか。何か合図を送ってください」と天井の闇の中にいる神様に問いかける主人公の姿が出てくる。この頃の千刈は半年ぐらいアルコール中毒のようになっていて、朝、蒲団にも入らずに倒れるように寝ている母親を、子どもがまたいで学校へ行くという状況にまで陥っていたようだ（「アンモナイトをさがしに行こう」）。

悩みつつもようやく離婚を決意した彼女は、子どもたちに、「体と心がね、もう出来ませんて動かなくなっちゃった。このごろの家のなか、ひどかったわよね。お母さんがダメになると、こんなにメチャメチャになるのね。お父さんも、たまに帰ってきて、あきれてますます嫌になったみたい（略）でも今、お母さんは、自分自身として立ち直りたい。こんなふうにだんだんダメになって行って、君たちもメチャメチャにしてしまう人間でいたくないと思った。それで、お父さんの奥さんでいることをやめたの」（「ウホッホ探険隊」）と説明する。

離婚を知って電話をかけてきた従姉には、「私はね、仲のわるい夫婦の子供がどんなに辛いかよく知っているから、ますます悪くなる状態を続けるより、別れた方がいいと思ったの」と答える。

しかし、心の中では相変わらず自己否定的で、「私は父親に『帰って来てください』とは言わず『私は子供と暮して時々あなたが子供たちに会いに来る、今のままの形でいいから、ただ私とあなたはもう夫婦じゃないというふうに、二人の間だけで出来ないかしら』と言う母親だった」と振り返り、「いまさら、育った家がどうの、両親がどうのと、弁解するように言うのも、青くさくて恥ずかしいけれど、（略）こうなった原因は、夫に甘えたり親しんでいくところの薄かった、家族とか家庭とかいうものにどこか臆病で、疑り深い暗い眼をもっていた私の方だという気がしてならない」と自分を責めるのである。

彼女は離婚の経緯を読者に説明するかのように、「私たちは別れを決めたあとで、かえって本当の気持を話し合うことが出来るようになった。いっしょに暮らしている間に声を荒げて喧嘩をしたことがないように、別れの前後も、静かに話した。（略）別れは別れとして、その後のことを考えていく上では、彼はやさしかった」と淡々と書く。

子どもたちは父親の籍に入ったままで、親権は干刈が持つこと。今の家に彼女と子どもたちがそのまま住み、生活費は彼女がそれまで通り会社の経理事務を家で処理し、その分を給料として受け取ること。子どもたちが今まで通りの生活ができることを確認して、二人は離婚届けに判を捺す。

「ウホッホ探険隊」のタイトルは、作品内の長男が、「僕たちは探険隊みたいだね。離婚ていう、日本ではまだ未知の領域を探検するために、それぞれの役をしているの（略）お父さんは家に入って来る時、ウホッホって咳をするから、ウホッホ探険隊だね」というところから取られている。

小説はあくまで軽やかに、それまでのマイナスイメージの強い離婚小説とは一線を劃した筆致で描かれる。たとえば母子三人で映画を見た夜、映画館からハンバーガー屋へ歩いて行きながらの会話――。

「ねえ、今度から毎月一回映画見ようか。三人が見たいのを順番に」

「ほんとう。それじゃ僕は〈クラッシャー・ジョー〉」

「僕は〈幻魔大戦〉。お母さんは」

「ラブ・ロマンスがいいな」

「ぐえ」

「おえ。お母さんは妖怪映画が似合うんじゃないですか」

「やめた。映画のこと、取消し」

「めんご。機嫌なおして。〈トモエさん、あなたはとてもうつくしい〉」

次郎はハンサムなテレビタレントの声色で言った。

「許す」

「ああ、家庭が複雑の上に、こんなアホな母子家庭でよいのだろうか。せめて僕だけはマトモな人生を送りたい、うーむ」

君はガードレールに腰かけて〈考える人〉のポーズを取った。

「〈歩き疲れて休んでいる人〉は置いていこうぜ」

と次郎が言い、私と並んでどんどん歩いて行った。君は暗黙の筋書きどおりに「待ってくれえ、無視しないでくれえ」と追いかけてきた。

干刈は、この後、「私たち三人はぴったり息の合った芝居を演じていた」と書く。「離婚家庭が暗いとは限らないというテーマの、幼くやわらかな抵抗劇。一人がふと気持をはぐらかせば、たちまちカスリ傷やヒッカキ傷から血のにじむ危うさを秘めたドタバタ劇を、君たちはしなやかに演じていた」と。

干刈は、天野祐吉との対談で、「たとえば、『ウホッホ探険隊』という小説は、テーマが離婚だから、そのまま書いたらどうしても陰々滅々になってしまうでしょ。他人にしんどい思いをしてもらうのがもうしわけないっていうの、あるんですよ。しんどいことなんだけれど、やっぱりまじめに考えてもらいたい、わかってもらいたい、それなら読んでもらえるための工夫をしなければならないわけです」（『天野祐吉の話半分・後半分』91、人文書院）とその軽妙な文体の秘密にふれている。彼女が大学生のころ自分の参考にはならなかったと感じた「書き手自身が闇に取り込まれて怨みつらみのブラックホールのようになり、作品からこちらに光が射してこないようなもの」にだけはするまいと思っていたかのように。

しかし、一番の理由は、子どもたちと自分のために「離婚」をマイナスにしてはいけない、結果的によかったと思えるものにしたいという願いにあっただろう。

この作品はその年の芥川賞の候補になるが、惜しくも受賞はしなかった。当選作は、笠原淳「杢二の世界」と高樹のぶ子「光抱く友よ」である。八人の選考委員のうち三人が選評で干刈の作品にふれているので、実際に見てみよう（『文藝春秋』84・3）。

《最後まで論議の対象になつたのは、当選作のほか、干刈あがた氏の「ウホッホ探険隊」、梅原綾子氏の「四国山」等の数篇でした。これらはいづれもとくに派手な意匠をこらしたものでなく、どちらかといふと地味な感じの小説でしたが、作者の個性がてらひなく、はつきりでてゐて、却つて特色が眼立ちました。

「ウホッホ探険隊」はなかで一番出来がよいと思はれました。家庭の重みを感じとる年齢になつた夫婦の、冷静な離婚を扱つて、子供たちも加へた家族の心の動きを無理なく描いたあたりは、短篇として成功してゐると思はれました。しかしそれだけに才がまはりすぎて、信用がおけないやうな筆致が、長所であると同時に欠陥でもあるように思はれます。》（中村光夫）

《言葉の漫画化、といいたいほどの工夫をロシア三〇年代の作家を思わせる仕方で進めている、島田雅彦『亡命旅行者は叫び呟く』。とくに会話の言葉に劇画調の工夫のある、干刈あがた「ウホッホ探険隊」。この二作は、快につけ不快につけ、新しい喚起力を持っている。しかし言葉の面白さの底の、島田の人間観は不安定だし（略）、言葉の遊びからふとわれにかえった際の干刈は冗凡な人間観の持主に見える。》（大江健三郎）

《惜しいといえば干刈あがた氏の「ウホッホ探険隊」もそうであろう。私もこの作家の力《りき》倆《りょう》はたしかにみとめざるをえない。特に母と二人の子の会話のうまさ、そしてこの親子の薄氷をふむような相互関係をおたがいのいたわりによる嘘でかすかに支えている状態はサスペンスさえ感じられたのだが、しかし、そのいたわりの嘘とサスペンスを感じないという批評も多かったことをお伝えしておきたい。もしこの人が受賞していたならば、多分、流行作家になったろう。ジャーナリズムはきっと飛びついたと思う。だから私は彼女が今度は受賞しなくてよかったとさえ思っているのだ。今後二、三作、この人が底力を作ってどういう作品を書くかを私個人は非常に注目している。》（遠藤周作）

これらの評を読むと、いい作品と認められつつ、「才がまはりすぎて、信用がおけないやうな筆致が、長所であると同時に欠陥でもあるように思はれます」とか、「言葉の遊びからふとわれにかえった際の干刈は冗凡な人間観の持主に見える」といった微妙な評価のされ方もしていることがわかる。

しかし、そういう軽みをまとわなければ、「離婚」という暗く湿った傾向を帯びやすい題材を明るく乾いたイメージに仕上げることはむずかしかっただろう。かつてコピーライターをしていた干刈は、言語感覚、時代感覚ともに鋭いものを持っているのだが、ときに調子に乗りすぎるときがあり、それがマイナスに評価される原因だとわたしは推測するのだが、それについてはさまざまな批評とともに後で見てみたい。

干刈にとって小説とは、実用品なのだということはすでに見た。自分が生きるために、自分とはどういうものであるかを知るために、彼女は自分が直面している問題について書いたが、それは同時に他者とつながることでもあった。自分が薄暗がりの中で迷っているとき、進むべき道を教えてくれる明かりがほしいと切実に思ったことを忘れず、後から来る女性たちの足もとを照らせるような嘘のないものを書きたい、それが自分の使命だという思いがあった。

「若かった頃の自分に、今の自分が教えてあげられるといいのに。／そんなことしちゃだめよ、とか、そんなに我慢することないのよ、とか」（「しずかにわたすこがねのゆびわ」）と干刈はつぶやく。そして、自分はもう「今になってわかったものを持って、人生をやり直すことはできない」けれども、「自分にわかったことを若い人に伝えるということは、できるんじゃないかしら」と思うのだ（「子供と私」『おんなコドモの風景』）。

『コスモス会通信』9号には、そんな彼女の思いを受け取った読者・佐々木恭子が、干刈にファンレターを出した話が載っている。佐々木は「まるでぴったりの薬を飲んで症状が改善するように、気持ちがほぐされささくれが取れていくように感じ（略）ずっと待っていたものにやっと出会えたような、なつかしく嬉しい気持ちに浸され」てその手紙を書いたという。八十四年冬のことだというから、干刈が作家になって二年目の冬だ。思いがけず干刈から赤い罫線の入ったハガキがきて、こうしたためられていた。

　私の拙い文章に共感して下さっている方がいること、有難い思いがして励まされます。ものを書いていると見つめたくないものも見、自分も露き、あまりのつらさに、もう何度やめたいと思ったかわかりません。でも、自分の書くことが誰かとつながっているかも知れないと思うことが支えです。御便り有難う。

たしかに、自分の心の底に下りていき、自分でも認めたくないものをも掘りおこしていく作業はつらいものだ。だれに強制されているわけでもないのに、作家はそれをする。くじけそうになるとき、干刈の胸に、永瀬清子の詩集にあった「正直であれ、正直によって眼をさませ、正直とは浅い律儀さではなく、眠りこむことでなく、掘りおこす鍬であり鋤である。正直であれ、正直によって詩人であることをつらぬけ」という言葉は鳴り響かなかったか。

読者に、「あまりのつらさに、もう何度やめたいと思ったかわかりません」という返事を出した八十四年冬には、彼女はまだ、離婚直前の自分の「浮気」についてはふれていない。スマートに解決した離婚の裏でどんな感情を押し殺していたかも書いていない。

以後、彼女はさらに心の深みに下りて、そうしたことをも掘りおこしていくが、それは書くつらさとは別のつらさも運んでくる。

「読んだ人からいろいろなこと言われたわ。（略）よくあんなこと書けますね、あなたもつつしみを教えられた女性でしょうに、と言った人もいたわ」と、干刈は長編「窓の下の天の川」に書いている。語り手の「わたし」は、「そのつつしみを乗り越える大変さをも含めて表現したかった」

のに、その反応にダメージを受けて失語症のようになってしまう。しかし、「自分のコトバを孕んでくれる相手がほしいなら、どんな反応にもへこたれずにやりまくるしかないんだわ」と自身を立て直す。「そうすれば、わたしのコトバを孕んでくれる人もどこかにいるかもしれない。わたしは娘のころ妻でいたころ、どんなに女が自分の性を考えるものを読みたかったか。（略）わたしは、女がじぶんの暗さに眼をこらしてそれを見つめる強い眼光によって、ああ、あそこにもあんな人がいる、とわたしの孤独を知らせてくれるようなものが読みたかったわ。闇のなかにじぶんだけでいるときは、孤独ですらないのよ。無と同じ。じぶんの孤独を確められないの。（略）それをちゃんと見ようとしたら、やっぱりコトバをつかうしかない。（略）何をやっても失敗ばかりのわたしだけど、死ぬまでに、これだけは自分の思っている何百分の一でも、なんとかやりたいのに」と。

これ以後、彼女は、文学を通じて自己の姿を明らかにすることに文字通りいのちを削っていく。三十七歳にして、はじめて自分が自らの主人になることのかけがえのなさを知った彼女は、荒野に放たれた我が身がどこまで行けるか確かめる探険家のように、未知の領域に踏み込んでいくのである。

第三章　もうひとりの「わたし」

――これが私の裸身。この裸身一つの中にある力と方向感覚だけで、生きていこうとしている。（「裸」）

四十二歳のとき、『海燕』（85・4）に発表した中編小説「裸」は、干刈にとって特別な意味を持つ作品である。

読者にとっても好悪が分かれる。わたしは好きではなかった。初出をリアルタイムで読んだとき、なぜ彼女はこんなものを書いてしまったのだろうと思った。

書くことで清らかな場所に出て行きたいと願った彼女が、そこをめざして書き進めながら、ついに突き抜けることができなかった作品という気がしたのだ。

だが、この小説を評価する人は多い。

『コスモス会通信』４号にも、「『干刈あがた』を知らない人に、その作品を薦めるとしたら、私

野間文芸新人賞授賞式で

の場合、『ウホッホ探険隊』か『樹下の家族』を選ぶ。でも、その相手が『この人』というときは、きっと『裸』を薦める」という読者の声が載っている。心の奥深いところに澱のように沈殿する女の「業」を、言い当てているというのだ。

干刈より二年後に海燕文学新人賞を受け、後輩作家として交流を持つようになった小林恭二も、「『裸』は今も昔もわたしのお気に入りである。干刈あがたの最高傑作を挙げよと言われれば、わたしは躊躇なく『裸』を挙げる」と言いきっている。

彼は初出でそれを読んだとき、端的に面白いと思い、すぐさま彼女に電話をかけて感想を述べた。

細身でシャープでしかもエロティックだと激賞する小林に、しかし彼女はどこかくぐもった反応しか示さず、「これでもう後戻りができないところまできちゃった」とつぶやいたという。まるで、書いてはならないものを書いてしまったといわんばかりに。

小林は、「想像を逞しくして言うが、わたしには干刈あがたが『裸』を疎ましく感じていたような気がしてならない」と述懐している（「解説」『干刈あがたの世界3』解説、98、河出書房新社）。

それに符合するかのように、この後、干刈は、『海燕』編集長だった寺田博あてに小説家廃業宣言の手紙を書いている。実際は投函しようとして踏みとどまり、寺田にではなく友人の毛利悦子に送っているが、干刈の死後、そのことを知った寺田は、「私は未だに干刈さんの真意をつかみかねているが、一つだけ思いあたるのは、ある時『そろそろ主人公を母親や主婦から解放して女を書いてみたらどうですか』という意味のことを言ったことだ。その一つの答が『裸』という作品だったのかもしれない」と振り返り、「離婚した女の性愛を主眼に設定されたこの小説は、あるいは干刈さんは発表したくなかったのかもしれない。しかし私は、明るさの乏しい、苦渋にみちた作ながら、この作家の側面を示す風俗小説として発表したかった。この作品を書いたことで、作家としての強靱さをもっと身につけてほしかったのである」と続けている（「新人賞受賞のころ」『干刈あがたの文学世界』）。

「裸」とはどんな作品なのだろう。

主人公「私」は、干刈と同年生まれのフリーライターで、二十四歳のとき海外へ一人旅し、帰国してほどなく結婚、子どもを設けたのち離婚するなど、多くの経歴が作者本人と一致する設定である。実際は二人いる子どもが一人になっているなど、アレンジされている部分もあるが、フィクションでありながら事実が色濃く反映し、両者が渾然一体となった不思議な空間を作り出しているといっていいだろう。

子どもを抱えて離婚した「私」は、おそらく内心の不快を抑えて、別れた夫が新しい妻とともに出かける海外旅行に子どもを送り出す。「私」には現在家庭のある恋人がいるが、息子の留守中、孤独から気持ちがなだれ落ちないように、あえて恋人と逢わない努力をしている。

作品は、息子が留守の十三日間、部屋で独り過去の出来事や気持ちを思い出し日記のように記していく、という形式をとっている。

離婚後、もう男性にはとらわれたくない、とらえることもしたくないと思い、多くの男性の間を自由航海しようと決めた「私」には、友人の夫と関係を持った過去があり、それがずっと心にひっかかっている。現在の恋人との性愛を語りながら、かつての男たちや夫との性的かかわりにもふれ、友人の夫との顛末もしだいに明らかにして、「いかに私のセックスを生きたか」を語っていくのである。

一九七六年、ドイツ女性解放運動の草分けといわれるアリス・シュヴァルツァーが七十歳になったボーヴォワールに行ったインタビューにこんな箇所がある。

――回想録にはあなたが語っていないことがありますか？　もう一度書くとしたら何を言いたいですか？

ボーヴォワール　そうね。セックスについてひじょうに率直な決算報告をしたいですね。実現するとすれば、真に誠実に書きたいし、フェミニスムの見地から書きたいですね。現在、私は女性たちに、いかに私のセックスを生きたかを語りたいと思います。それは個人的な問題ではなく政治的問題だからです。回想録を書いたころ、私はこの問題の意義も重要さも、個人が率直に語る必要性も理解していなかったので、語りませんでした。でもたぶん、それを語ることはないでしょう。この種の告白は私ひとりが当事者ではなく、非常に親しいひとびとも関わっているからです。

（『第二の性その後——ボーヴォワール対談集　一九七二〜八二』85、青山館、福井美津子訳）

意義ある重要なことで必要性もあると思いながら、ボーヴォワールでさえ、たぶん語ることはないだろうといった「この種の告白」を、干刈は実践してしまったことになる。

これは作者にとって非常に勇気がいることだったはずだ。一九八〇年代は、今よりずっと、女性が性のことを語るのは「はしたない」という風潮が強かったし、中学三年生と一年生の息子を持つ母親が、「小説」とはいえ、自分の性、ましてや現在進行形の不倫を想像させるものを書くとなれば、その影響を考え、不安や懼《おそ》れ、強いためらいを覚えずにはいられなかったにちがいない。

私小説であろうとなかろうと、小説というのは虚実皮膜の間にただよう事柄を書くもので、当然そこには虚構性が入ってくる。あくまでも虚構の世界だから「作りごと」がたくさんあるのに、全部が全部、事実ととられかねない。モデル探しさえされかねない。

「窓の下の天の川」には、「そのコトバをたぐろうとすれば、また昔の人々と昔の時間のなかで会わなければならない。昔のことは、たとえばローソクの焔が、空気のなかに色があって形のように見えるけれど、実体のないもののようでもある、あれにていいる。でも、わたしがそれをコトバでたどると、自分の拙い技でしか描けないペンキ絵のようになってしまう。昔わたしと会った人々は、わたしによって描く描かれた登場人物にさせられてしまう」という箇所がある。

かつて父親のことを書いて激怒され非難されたときのことを、彼女は決して忘れてはいなかっただろう。人は、見る角度によってまったく別の人間になりうる。

エッセイ「『ウホッホ探険隊』一年後」(『日本児童文学』84・12)には、「母親として精いっぱい息子たちの気持を汲もうとしたけれど、根本のところで彼らの気持を内側から共有することはできない。僕の気持はこんなものじゃなかったと、いつか手痛いしっぺ返しが来るかもしれない。/ものを書いたり発表したりすることは、とても傲慢なことなのではないかと怖れを抱きつつ、息子たちの寝息を聞いている」とある。

書くという行為は、あくまで一方的なことなのだ。

にもかかわらず、彼女はなぜ、モデル問題を招きかねないきわめてプライベートな領域に、敢えて踏み込んだのだろうか。

吉本ばなな（後に「よしもとばなな」と改名）は、『海燕』の干刈あがた追悼号（92・11）で、「私の知っている干刈さんについて少し書きます。正直に」と、大づかみに彼女の印象を語っている。

　干刈さんは決して、陽気で何らかのエネルギーが余っているからこそ小説を書いているという人ではありませんでした。むしろ、デリケートすぎるくらいデリケートな少女が、いろいろと体験をしてふと顔を上げてみたら自分が大人の女になっていた、そういうギャップから生まれた不思議な自信《ママ》の空間を、はしから書きとめてゆくように思えました。

　妙にあたたかく許容するかと思えば、突如内向して黙りこんだり、すごく親密な言葉の後でふいにガチャッと電話を切ったり、静かに食事を楽しんでいるかと思えば、現れた沖縄の楽隊に合わせて大声で歌を歌い、ずっこけていすをひっくりかえしたかと思えば、お姉さんぶってみたり。子供たちを案じる母であり、かげりのある女であり……見ているといつも、干刈さんはもうぐっちゃぐっちゃに面白い人でした。本人にももうどうしようもできないくらい変わった人なんだけど、ひっそりしていてまわりをふりまわさない……とてもかわいい人でした。

吉本はこのあと、「思えば干刈さんの作品はそのぎこちなさもあたたかさも冷静さも、干刈さんそのものでした。干刈さんの魂のエッセンスが、多面的な性格のひとときひとときに抽出された、濃い結実でした」と続け、干刈の振る舞いがときにちぐはぐな印象を与えたことに言及している。たしかに、干刈の作品を見ていると、おとなしい内向的な主人公が突然思いがけない行動に出て驚かされることがある。第二章で、わたしは、干刈には二つの人格が分離して存在する解離的傾向があるのではないかと書いた。考えに考え、迷いに迷ったすえ、中間を飛び越え、ぱっと思いきった行動に出るところがあるように見えるのだ。離婚の決断にしてもそうである。「裸」発表のときも、最後の決断は清水の舞台から飛び下りるようにしてなされたのではないか。もちろん、その背景には、先に引用した寺田博の「そろそろ主人公を母親や主婦から解放して女を書いてみたらどうですか」という言葉が大きく作用していただろう。

編集側からそういう要請があるの、と干刈が困惑したような表情で話したときのことを、高校時代からの友人・毛利悦子はよく覚えているという。

寺田は、島田雅彦や吉本ばななも世に送り出した名編集長で、作家「干刈あがた」を発見し、受賞後、次々に作品を書かせては、雑誌『海燕』に掲載した育ての親である。

当時の彼女の執筆状況を振り返って、彼は次のように記している。

八二年十一月号に「樹下の家族」を掲載した後、（略）三か月から半年おきに三年間、集中した執筆が続いた。受賞後まもなく干刈さんは離婚し、「ウホッホ」と「ゆっくり」が芥川賞候補となり、八四年度芸術選奨新人賞を受賞し、「しずかに」は野間文芸新人賞を受賞した。この三年間に干刈さんの身辺を襲ったためまぐるしい出来事はただならぬものがあっただろうと思う。その責任の一半は当方にもあると思うが、ペースを乱さず執筆を続けた干刈さんの精神力と筆力に敬意を表さずにはいられないのである。（同前）

この間、干刈は新聞、雑誌等で作品を取り上げられ、さまざまな批評を受けた。三十九歳から四十二歳にかけてである。

概して、「今という時代を新しいスタイルで軽妙にとらえた」「切実な問題を明るく温かくユーモアを織り込んで描いた」というふうな好意的な評だったが、もちろんそうでないものもある。海燕新人文学賞の選考委員・阿部昭は、「樹下の家族」について、次のような辛辣な選評で干刈を迎えた。

私は「樹下の家族」にも一応注目はしたが、これは到底信用しがたいところがあると思った。

「樹下の家族」は、作品の外見はともかく、内実は衣食足って暇をもてあまし情報に溺れる都会の主婦の、いつ果てるともないお喋りである。作者はそうでないと言うかもしれない。それならこの種のスクラップの遊びに耽ることが自体結構な暇つぶしである。

デザインの斬新珍奇、百出する「話題」のパッチワーク、現代生活万般にわたるカタログでも見るような商品の氾濫、向かうところ敵なしといった話術の才気など、私も目だけは楽しませてもらったが、一日朝から晩までテレビを見せられた感じ、週刊誌を立てつづけに十冊ばかり読まされた感じ以上のものはなかった。

この作者の手にかかるとすべてが「話題」と化するが、われわれはもう十年も前から「話題」には反吐が出そうになっている。大体、日本人が新宿あたりでインド人の生活に見当外れに同情（?）したり共感（?）したりすることは、インド人のほうでお断わりではないだろうか。それくらいなら、われわれがこの吹けばとぶような日本の消費生活を維持するために、開発途上国の森林をつぎつぎと切り払わせて平気でいる事実を「話題」にしたほうがましではないだろうか。

この作を称揚する小島信夫氏に私は「ではいま誰がこういうものを書けるか」と反論されたが、書けるも書けないもない、書いてもつまらないから書かないだけの話だろうと思う。

名前だけがあって物がない、言葉だけがあって空気がない「樹下の家族」に対して、「みずうみ」のアルバイト学生は、一本のビニール傘にも女友達の血がかようのを感じ、雨にうたれながらビルの窓拭きの仕事を思う。だから傘も生き、男も女も生きる。（「樹下の家族」で気楽な「話題」にされている「ビルの窓拭き」と較べて読むといい。）

この評に対して、干刈は後に、「なにしろ新人賞の選評は新人が初めて眼にする自作への批評だし、私は阿部昭という作家の『未成年』や『子供部屋』などの作品が好きだったから、阿部さんの否定的意見にすっかり打ちひしがれ、おびえていた」（「阿部昭さんと〈三度〉と私の関係」『どこかヘンな三角関係』）と内心を明かし、「本当に私は、誉め言葉よりも何倍も強く打撃を受けている分、阿部さんの評を何度も読んだし、私の社会風俗などの小説への取り入れ方は表現としては未熟だったかもしれないが、現代の人間を風俗と切り離して書くことはできない気がするという点では、阿部さんの考え方とは違うような気がしていた」と書いている。

授賞式で阿部に会ったとき、干刈は、「選評は何度も読ませていただきました。今は何と言ったらいいのかわかりませんが、自分なりにこれから考えてやっていかなければならないのだろうと思っています」と自分の気持ちを話し、彼から「ぼくも三度も書き直した甲斐があります。あの選評は、ぼくなりに真剣に書いたつもりです」という返事を受け取ったという。干刈にとって、阿部の批評が自作をじっくり考える契機になったということだろう。

二〇〇八年二月に「干刈あがたコスモス会」会員に公開された彼女の遺品には、クリア・ファイルに整理された自作の批評のスクラップが多数あったが、一般に、作家は自分の作品がどう読まれるかに無関心ではいられないものだろう。自分の創作意図が伝わり受け入れられればうれしいし、そうでなければ落ち込むこともあるにちがいない。

だが、阿部の選評のような、反発や反論の余地のある評はまだよい。やっかいなのは、全体としては認めながら、ダメ出しのように付け加えられる決定的な言葉だろう。

短編「入江の宴」と中編「ゆっくり東京女子マラソン」が併せて候補となった第九十一回芥川賞選評（『文藝春秋』84・9、当選作はなし）で、安岡章太郎は沖永良部島を舞台にした「入江の宴」を推し、その将来性を強く認めながらも、同時に候補になった「ゆっくり東京女子マラソン」についてはは共感できなかったとして、こんな指摘をしている。「委員の一人が、『これは健全な作品だが、ＮＨＫ的健全さだ』といつたのには、なるほどと思つた。べつにＮＨＫがまやかしの健全を売りものにしてゐるといふわけではないが、この作品は文章も思考もいかにも常識的で底が浅いのである。大勢の登場人物は、子供も大人もひつくるめて類型的であり、同工異曲のコントをいくつも繰り返して聞かされてゐる心持がする」というのだ。

三浦哲郎も、「二作品では、『ゆっくり東京女子マラソン』の方が作者の本領だろう。サロイヤンふうのユーモアが悪くなかった」としながら、「こんな健全な作品がいけないとは思わないが、それにしてももうすこしニガリが必要だろう。ここに登場している幾つかの家族の陰翳がくっきり描き分けられていたらと思うが、それをいまの作者に望むのは無理かもしれない」と続ける。

遠藤周作は、「私は干刈あがたさんの前回の作品（離婚した母と二人の男の子の話）に感心した一人で、そのことは選評だけでなく、他の雑誌にも書いたほどである。だから今度、彼女の二作品が候補として手もとにまわってきた時、期待と共に希望的観測さえ抱きながら読みはじめた。だが残念ながら私は前回のほうが、はるかにはるかに良かったと思う。前回には薄氷を踏むような緊張感があった。しかしここにはその緊張感がなくなり、テレビのシナリオ的構成と類型的な善意の母と子との関係とが、形をかえて書かれているだけで、文学的感動は私には感じられなかった。一体、母親とはこんなものなのでしょうか。銓衡会が終ったあと、私は吉行氏に『彼女が庄野の受賞作のような作品を書いたらなあ』と言った。『プールサイド小景』のような薄氷をふむような作品を彼女はもう一度、書いてほしい。その才能が前回であれほど、はっきりとわかったのだから。誰か悪い友人がいて、今度の『ゆっくり東京女子マラソン』のような作品のほうがいいと彼女を惑わしたのではないか、とさえ邪推したほどだ」と惜しんでいる。

さらにあげれば、このあと出た『週刊宝石』の書評欄「本のレストラン」にも、「この書の女性たちは、(略)手を取り合って、現実の問題をひとつずつ解決してゆく。(略)互いに立場を理解しあい、優しさに満ちあふれている。／これは、まさしく女のユートピアである。ところが、現実はそんなもんではない。本書に描かれる女性たちのように賢く、おとなの女たちばかりではない。(略)(それだから、人間は多種でおもしろいのでもあるが)『ゆっくり東京女子マラソン』は、人間の不条理部分を見事に除外している。そこが、不満な人には不満として残るだろう」(柴門ふみ)という評が載る。

「裸」の発表よりだいぶ後にはなるが、岩橋邦枝の考察は干刈の作風の特徴ともいうべきこのあたりの微妙な感じをよく伝えている。干刈の小説は、「文学作品として〝もう一と剔《えぐ》り〟という踏み込みがたりない」「もうちょっと不健康になってもいいのでは」「しかし、そうすると、この小説家の貴重な美質が損われるようにも思える」（「空間感覚の把握」『新潮』87・6）というのである。

もちろん干刈の健全さを美質ととらえる見解もある。

山崎正和は『朝日新聞』の文芸時評（84・8・29）で、干刈の「ビッグ・フットの大きな靴」（『文学界』84・9）を取り上げ、「この主人公は、作者とともに『私事』についての健全な感覚を持っていて、自分のどんな深刻な悩みも、他人の前では羞じらわねばならないことを知っている」と肯定的にとらえている。そういう作風は、従来、ともすれば「優等生的」と批判されるようだが、それは「人間が事実として弱い存在だということと、その弱さを人前にさらけ出して、他人を不快にすることとは別だ、という簡単なけじめ」をわきまえているからこそで、「文学の描く人間は、真実を隠す社交的な人間であってはならず、無能と不道徳と、弱さと不満をさらけ出した人間でなければならないという近代作家の固定観念」こそが問われなければならないとしている。

干刈は父母の故郷・沖永良部島に心情的なつながりを持っているが、基本的には、東京で生まれ東京以外の場所には住んだことのない都会人である。深刻な問題を深刻な顔で語ることには江戸っ子的照れがあるのだ。本人が自分本来の書き方を、「茶化しながら本音をチラリ」といったように、その姿勢が作品に独特の軽みと余裕を生み出して、彼女独特の魅力を作り出しているのも確かだろう。

吉本ばななとの対談で、干刈自身も後に、「この世界だと、何かをえぐって醜いものをさらけ出すことが深まったことだみたいな、すごい危険な、安易な考えがあるでしょう。たとえそこをくぐっても、肯定的な方に、私は自分の何かの中でそういうのがあると思うんですね」（『新刊ニュース』88・11）と自身の作風を恃《たの》む発言をしている。

しかし、当時、干刈はまだ、デビュー二年目の駆出しである。大家ともいうべき大勢の先輩作家に同じことを指摘されれば、それは一考の余地のある克服すべき課題として、簡単には受け流せなかったのではないか。

かつて「樹下の家族」への酷評ともいえる阿部昭の批判に、干刈は怯えるほど打ちのめされたといったが、それは結果的に作家として成長するための肥料になった。できるだけ短い言葉で表現することを信条とした、文章にきびしい阿部が、大げさにいえば作家魂をかけて呈してくれた苦言なのだ。口調は違っても、練達の文章を書く複数の作家たちが、結局は同じことをいっていた。

同じく海燕新人賞・選考委員の佐多稲子は、「入選作の『樹下の家族』は、世相をも鮮やかな背景にしたひとりの女の心象であって、その広がりに応じた強靱さを持つ作である。七篇中でもっとも確かな筆力を感じさせ、途中で挿入される過去も、現在からはみ出さぬ線内におさめられている」と当選作に推しながらも、「ときおり、意図的に取り上げられる通俗語が、作者の意図を離れて文章全体の格を崩しているようにおもえた」と書いている。

同選考委員の木下順二も、候補作七編に共通する印象のひとつとして、「表現力のびっくりするほど自在な駆使と、その反面における言葉そのものや言葉の組立てかたに対する軽視との奇妙な混在」をあげている。

河野多恵子は、『朝日新聞』の文芸時評（83・1・25）で、「私はこの人の受賞作には感心しなかった。書きたいものはわかるのだが、その書き方——というよりも、それを扱う姿勢に不満があった。浮ついていたのである」としたうえで、受賞後第一作「プラネタリウム」を、よくある事を鋭く描写していると誉め、「作家は伸びる時には伸びるものだなと痛感した」と称讃している。

これは阿部の厳しい評に鍛えられて、ときにコピーの連発のようになる言葉遊び（たとえば「樹下の家族」で唐突に差しはさまれる文章「アンポンタン。陽気な世紀末。躁と鬱とをこきまぜて、仮面舞踏会《マスカレード》はエスカレート。／生きてりゃこそ、ひょっとこおかめだ」というような）が、要所を得て抑制されるようになったからではないだろうか。

芥川賞候補時の「健全すぎる」という選評も、彼女の中に深く刺さって、次にどう書くかの模索につながっていったろう。さらに信頼する編集長の言葉がこれに加わる。

中編「ゆっくり東京女子マラソン」以後、干刈の作風は、両者の意を汲んだように、善意の「母」中心のものから、ニガリの入った「女」を主体としたものに変わっていく。

具体的な作品名をあげれば、「幾何学街の四日月」「ビッグ・フットの大きな靴」「姉妹の部屋への鎮魂歌《たましずめ》」「ワンルーム」だが、なかでも、「幾何学街の四日月」（『海燕』84・8）は、彼女がはじめて離婚後の性を扱った、転機となる作品である。

この頃の干刈は実生活でもどんどん雰囲気が変わっていったようで、小林恭二は先の「解説」で、「知的な主婦と言った感じだった干刈あがたが変化し始めたのは、知り合ってしばらくしてからである。／まず顔が変わった。端的に言えば美しくなった。／それまではぽってりした感じの顔だったが、以後鋭角的になり、主婦というより作家の顔になった。／小説も変わった。家族を主題にしたものから、社会的な問題を扱ったもの、自分を直視したものに変化した。／本書に収録されている『ワンルーム』と『裸』は丁度その頃発表したものだ」（同前）と述べている。

干刈自身も自分の変化は自覚していたらしく、「しずかにわたすこがねのゆびわ」で、「私の身近な者たちは、みんな、喋らないでおどおどしていた頃の私の方が好きなようよ。でも、それでは私は仕事にならないわ。何言ってんの、と私は思っているの」と、自分がモデルの人物・芹子に語らせている。

長いあいだ人の収入で暮らし、だれかの妻や母と呼ばれることの多かった主婦が、やっと自分の名前を持ち、自身の足で立ったのである。新進作家として順調に作品を発表し、その中のいくつかはテレビやラジオでドラマ化もされた。新聞や雑誌から取材を受けたり、対談など小説以外の仕事も入るようになり、八五年には「ゆっくり東京女子マラソン」で芸術選奨新人賞を受ける。社会的存在として認知された自信が、表情にも表れるようになったのだろう。

ここにきて、やっと干刈は「裸」に取り組む。

「幾何学街の四日月」で、離婚後、複数の男性とドライな関係を結ぶ女性を描いたが、それは現象にとどまり、内面から女性の性を表現したものではなかった。性について語ることは「はしたない」という気持ちは、現在でも多くの女性にあるし、ましてや干刈たち戦前生まれの女性たちには抜きがたくあっただろう。恋愛関係や結婚生活で性の問題につきあたってもだれにも話せない。話すにも、性器の名称すら口にしたことがないのだった。

それが、干刈が離婚しそれを小説にして発表したのをきっかけに、実はわたしもこんな苦しいことが……と、周囲の女性たちがぽつりぽつりと自分の気持ちを話しだした。干刈は、互いに人に話せないままひとりで悩んでいる女性がいかに多いかに気づき、「女の苦しみは自分一人の特別なものではなく、実に共通しているものだ」という実感を持つことになる。

若い読者から、「わたしは長い間『女であること』を排除しようとしてきた」という手紙を受け取ったりもする。その原因はしおらしさや従順、忍耐強さなど、世にいう「女らしさ」に反発を感じるからだが、時にその肩肘張った生き方に疲れ、オンナになって男に守られて生きるのもいいなと思う。そしてその感情の振幅に疲れると、「男は男の部分と人間の部分が一致しているからいいけれども、女は二つの部分を出入りしなければ生きていけないのだ」と思って不満になる。干刈の作品はそんな自分にしっくりくるというのだ（『しずかにわたすこがねのゆびわ』への手紙」『40代はややこ思惟《しい》いそが恣意《しい》』）。

干刈が愛読したボーヴォワールの『第二の性』には、「男は性をもつ人間である。女もまた男と同じように性をもつ人間でなければ、完全な一人の人間であるとは言えない。自分が女であることを捨てるのは、自らの人間性の一部を捨てることだ」「どんな女も、自分の性を無視して自分を位置づけようとすれば、自己欺瞞に陥るのは明らかだ」というような箇所があるが、その時代の言葉が四十年近く経った当時の若い女性にもそのまま当てはまっていることには驚く。

干刈も、「いまの若い女性たちは私たちの時代よりずっと解放されているように思っていたので、この手紙を読んだ時は、やっぱりそう変わらない本質的なものが〝女〟にはまだあるのだなあと思った。いや一見解放されているかに見える時代は、〝女〟という隠れ蓑にこもれない自分を自覚するだけ、自分を問いつめねばならないのかもしれない」（同前）といっている。

若い世代ばかりではない。エッセイ「女性作家カレンダー」（『40代はややこ思惟《しい》いそが恣意《しい》』）の「お正月」の項に、干刈は宇野千代をあげて、人に教えられたこんなエピソードを書きとめている。

干刈の作品が女流文学賞の候補になったとき、選考委員だった宇野が、「干刈あがたの書く女って、よくわかるわあ」といったというのだ。結局このとき干刈は受賞を逃したのだが、華やかで奔放なイメージのある宇野が、自分の書くキマジメで色気のない女に共感を示したことを知って、「私たちより何十年も早く、いまの女たちが出会っていることを経験してしまった人なのかもしれないと思った」という。

また、インタビュー「女子学生との対話」では、尊敬している作家として佐多稲子をあげ、こんな逸話も披露している。

はじめに私が「樹下の家族」を書いたとき、佐多さんは私の樺美智子の描き方に批判的でした。そして、その後、「ウホッホ探険隊」が出た頃またお会いしたのね。佐多さんはその時、「あなたが一つ一つ懸命に作品を積み上げていくのを、とても嬉しく思って見ています」って励ましてくださって、「私はもう何十年も前に離婚しましたけれど今でも人が離婚したと聞くと、胸が痛むのですよ。あなたはああいう形で離婚なさって、とても賢いと思います」って、目に涙をためておっしゃるのね。私はその時、自分の悲しみを何十年も持ち続けて、人に対するいたわりにできる佐多さんの暖かさや、現実的な手がかりによって自分の考えを修正していける心の柔軟さにとても感動しました。

たぶん、干刈の書く「わたし」は、標本箱の昆虫のように、個でありながら全体である、そんな種としての「女」の気持ちを体現しているのだろう。個人の装飾を取り去ったぎりぎりの姿だからこそ、女が共有している体感のようなもの、女性というものの置かれている位置を明らかにして、多くの女性の共感を呼んだのではないか。

作品を書くことを通し、またその反応を通して、干刈は、女としての悩みが、その人ひとりの性格的な問題や世代的なものではなく、結婚という制度や男性が中心の性文化がもたらしたひずみであることに、はっきりと気づいていく。先に引用したボーヴォワールの言葉にあったように、「個人的な問題ではなく政治的問題」である、と。

それは、干刈がつねに胸に秘めていた、「素敵なお手本になることはできなくても、せめて自分たちの失敗や傷を正直に語り、それが生かされる方向へと共に歩んでいこうとすることが、だいじなのではないか」という思いにまっすぐつながっていったろう（「少女宣言」『40代はややこ思《し》惟《い》いそが恣意《しい》』）。

ちょうどこの頃、早稲田大学の女子学生からインタビューを受けた干刈は、「私たちのような世代に、語りかけたいことは？」という問いに、こう答えている。

私はいつも、自分の書いたものは、若い世代に読んで欲しいと思っている。私が書くことを、若い人たちが、自分たちの近未来として見てその中から捨てるべきものは捨て、良いものは取ってほしいと。前の世代がしたことを踏み台にして、後の世代が育っていくということはとても大切で、私も前の世代の人たちの恩恵を大いに受けているの。たとえば、かつてウーマンリブの運動の中で、ストレートに「女の気持ちはこうだ」と言ってくれた人たちがいたから、私が今、男と女のシビアな問題をユーモアにまぶしたり、冗談ぽく柔かに言うことが生きる、ということがあるように……。物事を長い流れの中で見ることはとても大切なのね。(「女子学生との対話」)

前にも少しふれたが、干刈は作家になる前年頃から、「家庭生活と社会とのつながりを考えていく女性たちの集まり」に積極的に参加している。

一九四三年生まれの干刈の世代は、学生運動の激しかった「全共闘世代」より少し前だが、概して社会的関心が高い。彼女自身「私はやはり六〇年安保の時に多感な高校時代を過ごしたこともあって、ものを考えるときにまず〝社会〟に目が行った。それが、結婚後ずっと家庭の中で主婦として生活するうちに、日常生活を通して、社会を見、国や政治のことを感じるという感覚ができてきたのね」(同前)といっている。

六〇年安保闘争は、日米安全保障条約に反対する労働者・学生・市民が参加した日本史上空前の規模の反戦・平和運動だが、彼女も高校三年のときに、高校新聞部連盟の呼びかけに応じてこのデモに加わっている。デモ隊と警官が衝突し危険な状態になったため、干刈ら高校生は大学生に守られて退散し、夕方のニュースでデモ隊に死者が出たことを知る。樺美智子である。この死が、高校生の干刈に強い衝撃を与え、デビュー作「樹下の家族」の背後に盛り込まれていることはすでに見た。

干刈は、高校時代は新聞部に属し、一年浪人後早稲田大学の新聞学科に入ったあとは、新一年生で『早稲田キャンパス』を創刊している。既存の『早稲田大学新聞』が政治的傾向の強いことを敬遠して、学生の生活に密着した新聞をという意図で、新しい新聞をおこしたようだ。遺品のアルバムには、都立富士高校時代に手がけた新聞『富士新報』の題字の切り抜きが貼られているから、新聞部での活動は、彼女にとってかなり大きな経験だったのだろう。干刈が文芸部ではなく新聞部の人であり、文芸誌ではなく新聞を作ろうとした人だということはかなり象徴的なことだ。

学生時代にサルトルの実存主義の薫陶も受けているので、能動的な行動を通して世界に働きかけるという、実存主義の用語でいう「アンガージュマン」の思想にも出会っている。平たくいえば意志的実践的な社会参加ということだが、サルトルは、人間は時代と社会の状況に拘束されているが、自由はこの拘束とぶつかることでしか生まれない、そうだとすれば哲学者や学者、作家も、時代状況と徹底してかかわっていくことからしかその使命を見出せないのではないか、と社会参加をうながした。

干刈は、この「時代状況と徹底してかかわっていく」という姿勢をつねに持ち続けた。「私は自分で、世代とか時代とかにこだわりすぎるなって思うこともあるの。けれど（略）、時代の変化の中で作られた自分というものを強く感じて、時代とか世代とかに目を凝らしてしまうし、そうせざるをえないの」（同前）というのだ。それを裏付けるかのように、子育てしながらもつねに社会に目を向けて、育児日誌に子どもの成長のようすを記しながら、同時に当時の社会情勢のメモをたくさん残している。

あとはそれを社会に投げかけるだけである。女性が自由になるためには、社会全体が変わらなければならない。自分の書くものが読んだ人の心に作用して、それが社会を変えていく力になれば、という干刈の気持ちの底には、若い日に洗礼を受けたこの「アンガージュマン」の思想が息づいていたのではないか。

他にも干刈に影響を与えたものはあった。

「女による女のためのガイドブック」（『40代はややこ思惟《しい》いそが恣意《しい》』）に、彼女は、「アメリカからウーマンリブの波が襲ってきた時、私自身は育児に手いっぱいで、とてもあんなふうには行動できないという思いがあったけれど、深いところで影響を受けた。いや影響を受けたというより、自分の中にも共震するものがあったのだろう。すぐには何もできなかったが、自分にできることを少しずつ手さぐりでやってきて、なんとか小説書きになった」と書いている。

ウーマン・リブとは、一九六〇年代後半にアメリカで起こり、その後世界中に広がった女性解放運動のことだが、日本で第一回ウーマン・リブ大会が開かれたのは一九七〇年十一月である。これは男女雇用機会均等法の制定に大きな役割を果たした。

子ども二人が小学校高学年になって、自由な時間が持てるようになったとき、干刈の胸にひそんでいたこのリブへの思いが頭をもたげ、前にふれた女性たちの集まりに参加させたのかもしれない。

そこには、一九六三年に出たウーマン・リブの火付け役になった古典、ベティー・フリーダンの『フェミニン・ミスティーク』（邦題『新しい女性の創造』65、大和書房、三浦冨美子訳）の影響もあっただろう。アメリカの、物質的には豊かな生活を営んでいるはずのミドルクラスの主婦たちが、家庭の中で社会から孤立し、自分の存在意義に不安を抱いて、自殺をはかったり、アルコール依存症になったりする、いわゆる「名前のない問題」を扱った書である。

岡村ひとみは、この書をさして、「夫を通して、子どもを通してしか生きられない人生を送り、日々家事の雑用に追われて空虚感を感じている女性たちに対して、フリーダンは社会に出て自分の才能が発揮できるような生活を設計するよう呼びかけた。彼女は人間とは生涯を通して成長を続ける存在であり、『女らしさの神話』の女性のように永遠に成長を止めて依存的で受身で子供っぽい、家庭の中で人形のような存在であることを女性に押しつける社会に抗議したのである」（『概説　フェミニズム思想史』03、ミネルヴァ書房、奥田暁子・秋山洋子・支倉壽子編著）と解説している。

「樹下の家族」の主人公もこの「名前のない問題」を抱えた主婦であるが、違うのは、社会に出るかわりに、男性の足を引っぱって、発展し続ける社会の方にブレーキをかけ、自然に近い生活へ戻ろうという主張であった。

「自分一人なら、あとは野となれ廃墟となれだけれど、子供を産んでしまった女だから」と干刈はいう。その根底には、生物としての女性、つまり産む性としての女性を第一に考える思想がある。彼女にとって、それは仕事より上位に位置づけられるものだ。海燕新人賞を受賞した夜、いわゆる文壇バーを連れまわされた彼女は、「その日は、私の人生における三番目に長い一日だった。一番と二番は、二人の子を産んだ日。(私が芸術至上主義になれないのは、このせいではないかと私は愚考している。)」(「田中小実昌さんと〈おしんこ〉と私の関係」『どこかヘンな三角関係』)と書いている。

松本健一は、干刈のいう「日本の女」はその後流行となったフェミニズムのいう「女性」とはまったくちがったものだという。フェミニズムの押し出した「女性」は、産業社会で働く「男性」たちと対等の権利を働く女性にも与えるべきだ、という意味での概念である。いいかえると、フェミニズムの「女性」は「男性」と対で、その概念からは子どもがまったく欠け落ちている。そこには「家族」という概念が成立しない。ところが、干刈のいう「日本の女」は「こども」と対である。彼女の「女こども」の世界からは男の姿が消えてしまっているともいえる、として、彼女の仕事を、現代都市の産業＝男性社会においては目鼻立ちを与えられていない「女こども」に目鼻立ちを与える、都市民俗学のような仕事だったのではないかと結論づけている(「都市の民俗学者のように――干刈あがたさんを送る」『海燕』92・11)。

一九七〇年のリブ誕生から七五年までをリブ、七五年国際婦人年以降をフェミニズムと呼ぶ用語法があるが、干刈が集まりに参加した頃のフェミニズムは、男性なみになろうというのではなく、今までの「目標達成のための効率を第一に考える、男性社会の生産性の論理」そのものを見直そうという主張を持っていた。

「日本のリブ——その思想と背景」で上野千鶴子は、日本のリブは、「男なみ化」をめざしたことは一度もない。それどころか、社会が男の基準に合わせてできあがっていること、その中で「男なみ」をめざすことは、産業社会の価値に荷担し、ベトナム戦争や入管法に見られるアジアへの排外主義と侵略の共犯者になることだという意識ははっきり自覚されていた、と書いている（『リブとフェミニズム』09、岩波書店、井上輝子・上野千鶴子・江原由美子編）。その延長線上で、産む性としての女性は決してないがしろにはされていないのだが、現状では子どもを産み育てることが隷属につながるとして、ボーヴォワールなどは「女性は子どもや結婚の罠にはまってはなりません」という。

そんなせいもあったろう。いつの時代も、フェミニズムは、男性と敵対するイメージが強く、自然の摂理に反するものとして、誤解と反発を招くことが多かった。

ここに「行間と舞台裏」というエッセイがある。

そういえばＮＨＫで、「女性が社会へ出ることの意味」について話した時、こんなことがあった。いままではそうした番組では、いわゆる翔んでる女が自信を持って、仕事を持つことの意味を語ることが多かった。でも私は「外で働く女性は人間の自然に従った女の働き方を職場に持ちこみ、家にいる女性は老人育児といった命に近い部分を無視しがちな社会について考え、両方が環状になって能率重視の社会を考え直すことが必要だと思う」とボソボソ言ったのだった。それはおおむね、私の周囲の男性にも女性にも好評だった。しかし司会をした女性から後日聞いた話では――。

「NHKの担当者がね、うちの女房に社会に目ざめたりしてもらいたくないけど、だって。翔んでる女が何を言っても自分の女房に関係ないと安心だけど、女房に近いような地味な女が地味に挑発的なこと言うと、拒否反応を起こすようだよ」（『40代はややこ思惟《しい》いそが恣意《しい》』）

男性の本音と建前をよく伝える逸話だが、次の立川談志との対談は、もっとストレートに多くの男性の本音を語っているといえるだろう。

談志さん「なんで近頃の女は外へ出て働きたがるのかね。俺のカミサンなんか、家にいるのが楽しくてしょうがないって言うぜ。オヤジの看病をしてたとき、オヤジを撫でてたら自分が観音様になったような気がしたってさ」

私「男の人も、病気の親を撫でて観音様になってもいいのに。会社で働くだけとか、いつも家族を一人で養う責任を負わされてるのって、男の人も不自由でかわいそうだと思いますけど。少しずつ分けっこしてもいいんじゃないかな……」

談志さん「観音様ってのは女のモノだぜ」

私「……」（とっさに受け切れない）

スリリングな対談が終って。
談志さん「今日は遅れてすまなかった。実は昨夜から今朝方まで〈女の時代〉っていうテレビに出てて、ほとんど寝てねえし、時間が押せ押せになっちゃって」
私「(ああ、あれ、昨夜だったのね)」
談志さん「最後に俺が〈ここには抱きてえような女はいねえ!〉って言ったら、〈あんたなんかに抱かれたくないわよ!〉っていわれちまった」
(「立川談志さんと〈昨夜〉と私の関係」『どこかヘンな三角関係』)

社会が女性に期待する役割の中心は、妻として夫をなぐさめ、励まし、母として子どもを育て、主婦として家を整え、家族の健康を気づかう、周囲の人間をケアする役割だろう。

それに対して、たしかにフェミニストは、なぜ女性だけがその役割に囲いこまれるのかと異をとなえてきた。中には、状況認識がステレオタイプだったり、差別闘争意識が強くて、圭角というのか、言葉や行動が角だってしまってきつく見える人もいただろう。そして、その面ばかりがマスコミ等で取り上げられた形跡もある。上野千鶴子は、先の書で、その否定的イメージがどのような権力の磁場で形成されたかを問うべきだろうといっているが、声高に叫べば叫ぶほど通じないというのが実情であったろう。

永瀬清子はエッセイ「ウーマン・リブ」(『永瀬清子詩集』90、思潮社)で次のようにその無念を表現している。

ウーマン・リブが正しいのは、ウーマン・リブがみんなに嗤われて、姿が消えていくそのことによって、なのだ。泡が消えるようにその声はすぐ消えた、その事によって、なのだ。ウーマン・リブは男性に到底気づかぬ悲しみを土台にしていることによって正しいのだ。一千年もそれ以上前から社会は男のものだった。たとえ今女が社会に進出しても、それですぐに事情が変わりはしない。

「男も解放されていないじゃないか」と男は言う。けれど、女はそれと同じではない。同じように不幸なら不幸ではない。

深く悲しむ心が私らを正当化する。

女が「思う」と云うことを始めた時から、女が自分を本当に生かしたいと思いはじめた時から、新しい不幸がはじまる。男たちはそれをあからさまに云う女を嗤う。「幸福な」女たちは迷惑がる。

「云うな、思え」

これが解答だ。すべての奴隷時代、すべての暗黒時代、すべての抑圧時代と同じに、すべて沈黙の中に真実は溜まるのだから。

深く悲しむ心が私らを正当化する。その絶望的な心がほかならぬウーマン・リブを正しいものにする。

私たちは沈黙のダムを支える堰堤であろう。

「云うな、思え」、それが正解だとしても、沈黙したままでは何もはじまらないだろう。

千刈の著作は、この「深く悲しむ心」から出発しているといっていい。彼女自身はもともと、愛する男性と仲良く暮らす素朴な夢しか持っていない少女だった。エッセイ「性についてまず正直に話そうよ」では、「私たちが切実に求めているのは、せっかくめぐり合い生活を共にしている一人の男、恋人や夫といい関係を結ぶことなのだ」といっている。幼い頃から気持ちの通い合わない両親の姿を見て育ち、自身も結局は離婚してしまった千刈にとって、仲のよい夫婦というのは遠い憧れのようなものだったろう。

「窓の下の天の川」には、病院の診察室で見かけた老夫婦に向けられる、語り手の切ないまなざしが出てくる。

足の悪い夫に歩調を合わせて歩くその妻は、平凡だがおっとりしたやさしい表情をしていて、「わたし」はそれを、意志でなれる顔ではなく、仲のよい相手と長年連れ添って老いた女だけに授けられる顔だと思う。そしてその夫婦の姿を、自分には与えられなかったものとして、「まだ自分は静かに見ることはできない」と思うのだ。

作品は次いで、仲のよい老夫婦を見るといつも思い出すものとして、友人が見せてくれた、すべてひらがなで書かれた明治生まれの母親からの手紙を示す。

わたくしはとてもしあはせなつまでした　おとうさんはまいにちかいしやがをはるとまつすぐいへにかへるのでかいしやのひとたちからはあなどられてゐましたがおとうさんもわたくしもそのはうがよかつたのです（略）ゆつくりじかんをかけておゆふはんをいただきそれからわたくしがかたづけてゐるあひだにおとうさんがおふとんをのべます　おとうさんはまいにちわたくしをよろこばせてくれました（略）五十になつても六十になつてもおとうさんとわたくしはさうでした　おとうさんがやみついてからもわたくしはよばれるとおとうさんのおふとんのなかにはひりました　ですからわたくしはおとうさんのところへいくのはすこしもこはくありません　ひとりでいきのこるはうがさびしいのです

干刈の作品は、もともと男性とうまくやっていきたいという願いから生まれてきたのだった。「私は一人の妻としては夫を愛し、夫に寄り添っていきたい」という一節のある「樹下の家族」も、心が離れがちの夫ともう一度やりなおそうとする求愛の書である。

この手紙の夫婦のように、お互いが求め合い、愛し愛されれば幸福だろう。が、そんな男女ばかりではない。個々の対が男と女の制度に取り込まれて、いつのまにか女にとって窮屈で不自由なことが差しはさまれてくる。とくに性の問題は、持ち出すこと自体が関係をこわしそうで、夫婦といえどもなかなか口に出してはいえない。多くの女性は愛されたいために、心ではノーといっていても、顔ではイエスといってしまう。相手の好みに合わせ、自分の欲求を抑えてしまう。

干刈は自分自身の体験や周囲の女性たちの声を通して、それが、結婚や恋愛の中に組み込まれた根本的な女性抑圧のからくりなのだということを、はっきりと知るようになっていったのだと思う。

見まわせば、男女の賃金格差ひとつをとっても、この世は女性に不利なことだらけだ。

フェミニズムとは、女性がこの社会で不当な扱いを受けていることに対する異議申し立ての思想だが、それを干刈は、肩肘張った闘争の言葉ではなく、女のからだの中にある言葉にならない声、思いのようなものとして、ふつうの女の生活の場から生まれる平易な言葉で表現しようとしたのである。ストー夫人が、演説や闘争のかわりに、奴隷解放をなしとげた南北戦争を引き起こす契機になった小説『アンクル・トムの小屋』を書いたように。夫人は、奴隷が逃げるのを防止する法令がアメリカの国会を通過したとき、「わたしがあなたみたいに文才があったら、全国民に、奴隷制度が忌まわしい制度だと感じさせるようなものを書くわ」という従姉の言葉に触発されて書いたのだ。

干刈には、女が身をもがくようにして声をあげれば、その声はきっと男性の心をもゆるがすにちがいないという、願いにも似た希望があった。

迂回した書き方をしてきたが、一九八五年発表の「裸」が書かれた背後には、ここまで見てきたフェミニズム、実存主義、さまざまな批評、編集サイドの要望、身近な女性たちとの語らいなどが、彼女自身の生活の変化と相まって絡まり合い、渾然一体となってひしめいているのである。

干刈四十二歳のこの年、彼女は中学時代を扱った自伝的小説「予習時間」の他に、作品集『十一歳の自転車』『借りたハンカチ』にまとめられた掌編群、写実を離れた「ノンタイトル・ガールの故里紀行」も発表している。だが、作家として力を入れたのは、この「裸」と女性の群像を描いた「しずかにわたすこがねのゆびわ」であったろう。

デビュー以後、干刈は休みなく書き続けた。「裸」までの三年間に中編、短編それぞれ六作を仕上げている。そのうちの何編かは、彼女が自費出版した『ふりむんコレクション　島唄』の中の話を書き直したものだが、最初の頃こそ下敷きになる習作や草稿、メモの類のストックがあり、執筆にゆっくり時間をかけることができても、それが尽きてしまえば、あとは一から作り出さなければならない。エッセイやインタビュー、講演など、小説以外の仕事にも追われるようになり、作品を書きだすまでにかける準備段階の時間が、どうしても足りなくなっていっただろうことは容易に想像できる。

干刈の遺品の中には、仕事机の上にいつも置いていたというA3の大きさのスケジュール・カレンダー（84、85年）があったが、原稿の締め切りや打ち合わせなど仕事の記載が続く中で、子どもの学校関係の行事もあり、そこだけ大きな文字で「ふぼかいい」と記されていたのが強く印象に残っている。

　原稿はＢ４のコクヨの原稿用紙にエンピツで書かれていて、ところどころに書き込みや文章の入れ替えはあるものの、すべてきちんと清書されていた。彼女の作家生活はわずか十年、しかも最後の三年は病気療養をしながらの執筆だから、実質はもう少し短い。かなり厚みのある原稿の束がいくつも並んでいるのを見て、わたしはその間にこれだけの量のマス目を埋めたのかと溜息が出た。子を持ち、家のことをしながらの執筆だから、どんなにか忙しかったろうと思ったのである。

　彼女も当然いらだつことがあったらしく、そんなときは、「人間には家庭があり老いた親や自分の思うようにならない子がいるのは当然だ。そのことを抱えながら、できることを誠実を尽くしてやればいいのだ」と考え直したという。それを無視して「仕事だから」といったら、男性の論理と同じになってしまう、と（「離婚からの出発」『40代はややこ思惟《しい》いそが恣意《しい》』）。

　後輩作家である小林恭二に電話をかけて愚痴をこぼし、「自分は生活するためにこれだけの金額を稼がなきゃいけないけど、それがどれだけ大変なことか」と力説したこともあったという。それに対して、小林は、「実際、干刈あがたのみならず作家が純文学だけで食べてゆくというのは、大変を通り越してほとんど不可能と言っていい。だから作家の多くは純文学以外の得意分野を持っていて、これでなんとか収入の帳尻を合わせる。／しかしながら当時の干刈あがたは、ほぼ純文学の原稿料だけで食べているような状態だった。（略）あのペースで書いていれば生活はできただろうが、執筆の苦しさは相当なものだったに違いない」(「解説」同前)と感想を述べている。

先に引用した文芸時評で、河野多惠子は、干刈について、「何を書きたくて、その状況を描くのかということを自分の内に問いつめてから筆を取ることを心がければ、伸びるひとなのではないだろうか」と書いているが、人気作家になった干刈にはもはやその時間を充分にとることはできなかったろう。

干刈は、ある席で、「あなたは、このごろはいいスタンスで仕事をしていますね」と色川武大から話しかけられ、「不器用だから、できる仕事しかできなくて」と答えて、「いや、あなたは器用だと思う。それで、週刊誌に書いていたとき、ちょっと心配したんですよ。小説を大事にした方がいい」とアドバイスされたという(「井上光晴さんと〈縫い目〉と私の関係」『どこかヘンな三角関係』)。

彼女の作品が、事前にプロットを立てず自己発見的に書かれたり、他人の手紙や詩、作文などを取り込みパッチワーク的に仕上げられたりする傾向を持つようになったのは、そんな事情が背景にあったのではないだろうか。

彼女の性格は両極端に振れることはあったが、一貫して変わらなかったのは、律儀な生真面目さであった。どんなに苦しくても、締め切りは必ず守ったという。

彼女の中学時代の友人で、講談社の編集者になった鈴木貞史は、彼女が二十四歳のとき月刊誌『若い女性』にフィリピン旅行記の執筆を頼み、その後二十七歳くらいまで不定期にライターの仕事を外注して、スピードスケート選手・鈴木惠一や女優・吉永小百合へのインタビューの仕事などを一緒にした人物だが、彼女が作家になってから、月刊の小冊子『ＩＮ・ＰＯＣＫＥＴ』に長編小説の連載を依頼している。八七年六月号から二年半にわたって毎月三十枚の原稿を受け取ったのは女性編集者の高柳信子だが、鈴木は毎月月末の締め切り日が近づいてくると彼女の家に電話をかけ、いつも「明日でもいい?」という彼女のか細い声を聞いたという。「私は何日待ったっていいと思っているのだが、彼女は済まなそうに『あと一日いいかしら』などと悲痛な声で言う。／彼女は命を削るようにして原稿を書いてくれた」（「夕鶴のように」『干刈あがたの文学世界』）と証言している。

この作品が「ウォークinチャコールグレイ」だが、連載のはじまる前年の『朝日新聞』に掲載されたコラム「しごとの周辺」には、「ところで私は去年の秋から半年かかって、六〇年代の青春（?）を書いているうちに、すっかり心身状態が悪くなり、一応書き上げたそれをどうしても渡せなかった。あのチャコールグレイの時代を対象化して、挨拶することが私にはまだできない」とある。完成した原稿は、それを土台にさらに書き直したものだったのだろう。

ある程度の準備をしてからはじめる連載にしてこのたいへんさなのである。短編や中編の注文が続く場合、その作品にかけられる時間はそう多くない。干刈は、期日に間に合わせるために、ある程度の方向が見えたらとにかく書き出し、書きながら考えるというスタイルをとるようになったのではないか。

先にも引用した吉本ばななとの対談でも、「書き始める前と、途中を経て最後になると、やっぱり自分の思い以上の何かにつながっていくということはあるでしょう」「自分の頭で考えられることというのは、すごくちっぽけな、限られたことなんだけれども、そこの限界までいかないと、それ以上のところにもいけないから、そこまではいこうと一生懸命思ってやるという感じがするのね」といっている。

「裸」もそうして暗いトンネルの中を手探りで進むように書きはじめられていったのではないだろうか。

作品の大きな目的は、女性のセクシュアリティーを、女性の側から、女性の言葉でとらえることにあったろう。

これまでそれは男性の視点で表現されることがほとんどだった。キンゼイレポートやハイトレポート、モアレポートなどの女性自身の性意識の調査報告書はあったが、まだまだ表層部にとどまっていて、生きている現実の女性の実態や欲求には迫っていなかった。もちろん日本ではそのような小説も出ていない。

それなら自分が書いて、同じように悩んでいる人の孤独を照らす光にできないか。それが女としてこの時代の「立会人」になった自分のアンガージュマンではないのか。干刈はそう思ったのではないか。

エッセイ「女が女の性を読む」(『40代はややこ思惟《しい》いそが恣意《しい》』)を見ると、彼女が国やジャンルの別を問わず、女性の書いたものを手当たり次第に読んでいることがわかる。とくにアメリカ女性たちの作品を読んだとき、日本女性との共通性と差異性を感じ、そこから自分たちの歴史や社会や現在が照らし出されるのを感じたという。

サラ・デビッドソン著『遙かなるバークレイ』は、カリフォルニア大学の同級生の女友だち数人へのロングインタビューによって、彼女たちの六〇年代から七〇年代半ばまでの姿をたどったものだが、それを読んで、干刈は、「なんと彼女たちは私たちと違うのだろう」と感じたと書く。先の「ウォークinチャコールグレイ」は、六〇年代前半の干刈の大学時代を描いた自伝的小説で、これはサラの作品に触発されて、日本版『遙かなるバークレイ』をめざしたものといっていいだろう。

同じように、ヌトザケ・シャンゲ著『死ぬことを考えた黒い女たちのために』は、はじめは分断されていた七人の女たちがそれぞれ自分の生を語り合うことによって、最後は女という肉体の中にある声を重ね合わせる舞踏詩だが、これが「しずかにわたすこがねのゆびわ」を生んだ。

干刈は、「私の身近な女たちも、シャンゲの舞踏詩の登場人物の女たちのように、都会で分断されて生きてきた女たちが多いが、私たちを孤立させていたものは、母たちとも友人どうしの間でも性については聞かない語らないというつつましさという要素が大きいように思う。私たちが性のことや、男と女との関係について疑問に思うことを、互いに話せるようになったのは、つい最近、ようやく四十歳近くなってからのことだ。（略）そして話してみて初めて、自分たちの疑問や苦しみを他と対置させ、位置づけることができるようになったのだった。／シャンゲの舞踏詩の女たちのように、語るにつれて、女という肉体の中にある声が重なるのを知った。一人ひとり違った家に育ち異なる体験を負った女たちが、どれほどの自覚や解放度から、どんな言葉を発するかにいま私は耳傾けながら、『しずかにわたすこがねのゆびわ』という小説を書いている」とある。

おそらくその準備を進めながら、まずは「自分」を見つめなければ、と着手したのが「裸」だったにちがいない。

子を産んだあと、あんなに豊かに張っていた乳房が、今はもう弾力も失い、小さくなり、少し垂れている。三年の間にすっかり痩せてしまった。腰の線は崩れている。そして腹部には引きつれ。タオルで腹部を隠せば、少しはうつくしいかもしれない。
これが私の裸身。この裸身一つの中にある力と方向感覚だけで、生きていこうとしている。

彼女はそんな肉体の持ち主として「私」を読者に紹介する。男性作家の書くヒロインなら、まずお目にかからない「裸身」だが、子を産んだ現実の女のからだはこうなのだと提示するのである。ちなみに干刈は二人の子どもを帝王切開で産んでいるから、腹部には手術痕があったろう。
学生時代、干刈は、高群逸枝が農村の女は美しいと書いたのを読んで感動したという。中編「ゆっくり東京女子マラソン」には、息子とテレビ中継を見ながら「日本の女。いとしいわ」と涙声で話す母親が登場する。「短い脚。ガニ股。お尻はドテッと落ちている。きっと、くるぶしなんか坐りダコがぐりぐりしているわよ。重い荷物を背負ってきた日本の女の歴史を体現している肉体なのよ。男たちはどうしてこの体の美しさ、哀しさ、いとしさがわからないんだろう。若い女のボインやスラリとした体の方がいいなんて」と。

今まで男性作家が書いてきた、妖艶だったり清純だったり粋だったり小悪魔的だったりする魅力ある女性では、ごく普通の女性の参考にはならないのである。母親や年とった女の性はこの国ではないもののように扱われている。離婚してシングルになった女性はどんな性生活をしているのか。妻や母の役割に閉じこめられた女性の性はどんなものなのか。だれも語らないから、他と対置させ、位置づけることもできない。一人ひとりの女性がみな分断されて、孤独の海に沈んでいるのだった。

干刈は、子どものひとりいる離婚女性の語り手「私」が、日記のように手記を書く技法で記していく。交際している乾との寝物語で「私」という人物の日常生活を浮き上がらせ、彼と「私」との性行為を具体的に書いていくことで、また身近な女たちの例を盛り込むことで、現実に生きている女の性を明らかにしようと試みるのである。

「私」はノートの初日に、その日の乾との二度目の性行為を、「あたたかい分厚い手が、私の手を導く。回復している。まださっきの余韻が残っている部分がたちまち充たされる」と書きとめる。だが、その後の展開は、（……）としか記すことができない。

そして、次の日、「昨日、（……）の部分がよく書けなかった。（略）私は男と女のことや性について書こうとする時、エンピツが止ってしまうことに気がついた。恥しさや、ためらい、など気持の問題が一つある。そしてもう一つは言葉だ。正確に表わそうとすると、自分がほとんど言葉を知らなかったり、異和感《ママ》のある言葉ばかりだったりする」と書くのである。

その後、子どものことや女友だちのこと、トリコ夫婦との関係などにふれながら、「私」の意識は、過去の男たちとの性にまつわる周辺をめぐるが、何日分もの日記を費やしても、なかなか核心に踏み込んではいけない。


昨日の続きを書きながら、だんだん気が重くなってくる。投げ出してしまいたい。誰が書けといったわけでもないのに、なぜこんなことを始めてしまったのだろう。

なんでもないふりをしていればいいのだ。今さらこんなことを考え直す必要なんかないのに。


その逡巡を繰り返して、やっと「私」はある境地に達し、「それらすべてが必要だったのかもしれない。数日前から私は、自分に隠しておきたいと思っていたことも認められるようになった。見えなかったものが少し見えてきたりした。見えないものに無理に言葉を与えることをしないで、表わすことができることに、なるべく自分の気持に合った言葉を与えようとするようになってきた」と書く。

そして、違和感のある言葉を使ったり、恥じらいの気持ちを押して書いてしまったり、あるいは男の人が書く方法で書いてしまったりするよりはと思い、とりあえず（……）と記しておいた「高層ホテルで乾に会った時のところ」を、自分のからだをくぐらせた言葉で書いていくのである。

四百字詰め原稿用紙五枚ほどのこの場面は、このときの千刈がもっとも心を凝らして書いた部分だろう。暗いトーンの作中にあって、明るく健康的で、相手を好きだという初々しい気持ちに充ち満ちている。

　私の上に彼が体重をのせてきた。彼が私の上にいることが嬉しくて、彼の胴から背中に腕をまわして彼を抱きしめた。いっしょうけんめい力を入れて締めつけたが、私の思いを伝えるほどに強くはないような気がした。体でできることよりも、気持の方がずっとずっと強い。

（略）

　それから二人でダイビングして裸で抱き合う。この瞬間が一番好きだ。裸のあなたを強く抱きしめる。胸に胸が、股間に股間が、脚に脚を感じて、ああ嬉しいなあと思う。ああいいなあと思う。うまくいえない。（略）

　私は目を閉じて静かに仰向けに身を横たえ、少年を呼ぶ。さあ。少年は大人になる儀式のように私の脚の間に跪き、それから身を重ねてくる。そして自分のものを私の中に入れる。ああ、といつも思う。私はいつもそれだけで、自分が充たされ、体じゅうに嬉しさがひろがるのを感じる。私たちは一緒に舟を漕ぐ少年と少女のように、向い合ってゆっくりと櫓を動かし始める。（略）ああ、波頭に達した。舟もろとも波頭は砕け散り、少年も少女も白い泡とともに急速に落下した。

ここには扇情的な要素も隠微な影もない。もちろんそれがいいとは限らないだろうが、干刈のいう「性に非日常の夢を求め、隠微な密室の物語に仕立てあげたい男と、性を女の置かれた日常の続きと感じ、性に関する言葉の一つ一つを裸にしてでなければ使えないおんなとのズレ」を明らかにしていることは確かだろう。

彼女にとってのセクシュアリティとは、からだを通じて気持ちがつながる嬉しさに重点が置かれたもので、本能的な欲求だけではない、肉体を媒介にして相手と心的に結びつき溶けあいたいという没我的体験なのだということがよく伝わってくる。それは結婚しているとかしていないとかとはちがった次元のことである。

行為が終わったあと、「私」は妻のいる乾とデモ隊のように腕を組み、仰向けになって天井を見上げながらこんな会話をかわす。

「私ね、自分が男を不能にする女だと思っていた。離婚してから何人かの男の人と寝たわ。みんなダメだった。私は同世代の男か年下の男しか好きにならないんだけど、私と同世代の男たちは、みんな疲れ切っているのか、私がハッキリものをいう女だからだと思っていた。そして漂流していた」

「自由航海だって言ってたじゃないか」

「ええ、足場そのものが漂流しているような気がして、めまいするような感じ。不安なの。もし私があなたとこういう関係が終ったとしても、見ていてもらいたいの、亡国女子学生の末路を。つぎつぎに男を替えていくかもしれないけど、私が大学に入った年に女子学生亡国論というのが流行したわ。そうかもしれないと、今になって思う。自分自身を生きようとする女は、今までの男女の決りを壊してしまうかもしれない。いや、それほど強くないかもしれない。自分の方が壊れてしまうかもしれない」

「俺はこういうことのためだけに会ってるんじゃないよ」

「年上の男に気持を開けないのは、暴力的だった父親のせいかしら。男の人の前では、いつも自分を抑圧していた。自由な気持のままに振舞えたのは、あなたが初めて。でも自由は怖い……」

ここにはいろいろな要素が含まれている。「窓の下の天の川」で、主人公は年上の会計士にこんな想像上の電話をする。

「せんせい、わたしをだいてください。一度、ずっと年上の男にだかれてみたかったのです。父のようなもののなかで安らぐということを、わたしは知りません。わたしが男とうまくいかないのは、そのせいではないかと思ったりするのです」

父との関係が、いかに干刈の小説の主人公に大きな影響を与えていたかをうかがわせる場面だが、ここではもうそのことを蒸し返すのはよそう。とにかく、男性の前でいつも自分を抑圧していた「私」が、ようやく自由に振る舞えるようになったとき、はじめて完全なオルガスムスを経験することができたというのは、重要な意味を持っている。

干刈はこの場面を書くことで、性を語ることは「はしたない」こと、離婚した子持ちの女性が不倫を重ねるなどもってのほかという抑圧を乗り越え、さらにその奥にひそむ「自分に隠しておきたいと思っていたこと」も認められる心境になったのではないか。

小説はここで擱筆されてもよかったのかもしれない。ここで追求をやめておけば、小林恭二に「これでもう後戻りができないところまできちゃった」と洩らすのは避けられたのかもしれない。

中編「ビッグ・フットの大きな靴」で、主人公の小説家・育子はある新人賞の授賞式のとき花束を贈ってくれたやはりもの書きの文乃にこんなことをいう。

「あの紫色、忘れられないわ。自分の机もなくて食卓で、あの花を見ながら二作目を書いていたのよ。夫とうまくいかなくなっている女が、母親として、両親の気配を察している子供たちの姿を見ているというものだった。その最後の一章がどうしても書けなくなったの。それならお前はそういう状態をどうするのだという問いをつきつけられて、自分の気持をはっきりさせなければ書けなくなった。それで離婚届を区役所へ取りに行って署名捺印して夫に渡して、やっと最後の章が書けたの。息子たちにとっては迷惑な話よね」

「裸」のラストにさしかかった千刈も、この主人公のように、そのことを書かなければ作品を終わらせることができなくなったのではないか。手探りで小説の中を歩んでいくうちに、錘をつけて沈めたはずのそれが、書かれなくてはいけないものとして意識の底から浮上してきてしまったのではないか……。

　小林恭二は、「裸」を激賞しながら、その作品を「しかしながら千刈あがたらしくない小説」（同前）といった。彼はその理由を、他の小説はあくまでロジカルであり、またソリッドであるのに対して、韻文的だから、とあくまで文章の違いとして説明するのだが、わたしはもっと単純なことのような気がする。

　それまで、彼女の作品は、裏切られた妻や離婚という苦難にもめげず明るく立ち向かっていく母子、母や兄を助けるおとなしい少女が主人公だった。苦しみは内に秘め、表面はおどけてみせるような健気さには、だれからも後ろ指をさされることのない「正しさ」「健全さ」があった。

　短編「幾何学街の四日月」で、家庭のある男性と性的な関係を持つ離婚後の女性は出てくるが、そして、そんな関係を続ける自分に気づいて、主人公は「ああ、かつて誰かが私にしたことを、今の私が誰かにしている」と胸を衝かれはするが、それは深く掘り下げられる前に中断されてしまう。子どもと面識のある男友だちについても、「時雄と私とは一人で生きる者の共感を持っていて仲がいい。性的な関わりは薄いが無関係ではない」と書くだけだ。問題の周縁をめぐるだけで終わってしまったという印象が強い。

「ビッグ・フットの大きな靴」には、「ひとりで生きる自由さとひきかえの孤独の涯まで行ったら、どうなるのだろう。それを知りたい自分を育子は感じていた。だが祐二の頬に幼さが残っているうちは、まだ猶予期間だ。子供に救われている自分と、縛られている自分とを育子は感じていた」とあるから、それは自己保身というより、子どもの心を守るためだったろう。山崎正和が擁護した具体的な他人への配慮である。

「裸」は、ラスト、その配慮を離れて踏み込んでいく。

この作品は、トリコという女友だちからの深夜の電話ではじまっている。夫・巽から離婚を切り出され、べろべろに酔ったトリコが、「私」に助けを求めてかけてきた電話だ。

「私さあ、ぜーんぶわかっちゃった。わかっちゃったんだよねえ。これが。参ったよ」

彼女がすすり泣きながらそういうと、「私」は、頭から水を叩きつけられたように、全身から血の気が引いていく。自分の気持ちをすべて話してしまおうかと思うが、彼女が巽から何を聞いたのかわからない。冒頭のパラグラフは、トリコの夫・巽と「私」との間に何かがあったことを匂わせて終わる。

それから一か月後、息子のテルを元夫とその妻の旅行に送り出した「私」は、その間独りでいる訓練をしようと、恋人の乾とも会わない約束をする。テルは「僕は旅行すること、お母さんを裏切るような気がして気が進まないんだ。でも、お父さんがせっかく行こうと言ってるのに、断るの悪いような気がして」というような「老いたる子供」だ。

独りでいる訓練とは、ボーヴォワールがサルトルとの親和に自分を失うことを怖れて山に行き、崖をよじ登ったりして自己を保った訓練に由来している。

自分をいまさらのボーヴォワール・ファンと呼ぶ「私」は、「独りで生きる自分を確かめるために、そしてトリコからの電話を聞く時の恐怖心の正体を確かめるために、日記のようなものを書いてみようとしている」と自らのノートに記す。

その手記がそのまま「裸」という作品の体裁をなしているのだが、言葉のひとつひとつを確かめながら女性のセクシュアリティを自分なりに書ききった干刈は、そこで作品の終盤を迎え、自分がまだ、なぜトリコの電話に怯えるのか、その核心部分を書いていないことにつきあたる。

トリコと巽とのつきあいに関して、「私」は小出しにノートに書きつけながら、螺旋階段をおりるように「自分に隠しておきたかった」領域に近づいていく。

三人のつきあいは、テルを産んで家に籠もっていた「私」に、トリコが夫の巽のために作詞してくれないかと頼んできたことにはじまる。巽は地方公演の多い役者で歌もうたっている。「私」は夫の一度目の浮気が終わり苦しんでいた時期で、試みに書いてみると、巽という男のイメージもまったくないままに、自分の思いを刻みつけた詞がいくつもいくつも湧いてくる。それは、「閉ざされてどこへも翔べない気持。傷ついても『平気よ』といってしまう哀しさ。世間に背を向ける気持」だ。渡した詞のいくつかに曲がつき、はじめてリハーサルを聞きに貸しスタジオに行ったとき、「私」は何もかもが自分とはちがう「巽&トリコ的世界」に打ちのめされる。

私の世界では、妻は夫の前で慎しくすべきだ。特に男性に関しては。トリコは巽の前で、バンドマンと腕を組んだり、しなだれかかったりした。巽はオカ君に、「トリコと一緒にならない」などと言った。

私の世界では、他人に「気狂い」などと言わない。巽は私に「気狂いの詞ですね」と言った。その驚きをトリコに告白した時、彼女は「あら、それは彼の讃め言葉なのよ」と言ったが、言われた私は、その驚きを告白するまでに三年もかかったのだ。

私の世界では、夕方五時はもう遅いから、「もう遅いから帰ります」と言ったのだ。すると巽&トリコは、期せずして一緒に「え、もう遅いの」と眼を見張った。

そして、「それまで、話をするにも私の眼を見ずに視線を落したり、私に話すべき内容を横にいる人に話したりしていた巽が、その瞬間、刺すような眼差しで私を見た。ということは、私も彼の視線をとらえたのだ。そのとき私は何かを予感した」と、干刈は「私」の手記に書く。さらに、「初めて巽に会った日から、私はトリコに嫉妬していたのだ。／その自由さに」と呻くように告白する。

巽は仕事で地方に行った深夜などに、電話をかけてくるようになり、「私」は巽と二人だけのエピソードを少しずつ読者に示しながら、「自分が、怖いところを、一気に駆けぬけようとしている。鏡を見ると、顔が緊張している。胸が重苦しい。怖ろしい」と記して、いよいよ核心部分に突入する。

なぜあの日はあんなことができたのだろう。
つぎの詞を渡すことになっていた日、私はテルを従妹に預けて家を出た。
『久しぶりに街を歩いてみたいんです。もし暇だったら一緒に歩いてください』
と、詞を挟んでの話のあと巽に言った。

二人は歩きながら語らい、途中小さな飲み屋で酒を飲む。その店を出ると巽は急に「私」の手を引っぱって走りながら、「嘘つきはやめろよ。あんな詞を書くくせに」と小さな宿の前で足を止める。

暗闇の中で互いにまさぐり合い、締めつけ合っているうちに巽は眠ってしまう。覚えているのはそれだけだ。

手記はこう続く。

私は出かける時、そんなことになるとはまったく思っていなかった。本当にお前にその気持はなかったのか、と問い返しても、ない、と言える。手を取られて走っている間も、最初はなんだかわからなかったのだ。たった二分か三分で、人の気持や人生が変ることがあるのを、私は知らなかった。

だが、そこに深い意味がひそんではいないだろうか。

臨床心理学者の河合隼雄は、「人生を生誕より死に至るひとつの軌跡として見るとき、中年はその軌跡の転回点として大きい意味をもっている」という。「外的には事件あるいは事故として映ることがらは、多くの場合、内的にはひとつの警鐘であり、むしろ自己実現へのひとつの布石である」と。

いろいろな事件の中でもっとも多いと思われる男女関係の「事件」も、本人の中で意識的努力とは関係なく偶発的なこととアレンジされるが、心理学的には必然性を背負った行動として理解されると河合はいう。

人間は人生の前半において、財産や地位を築くために上昇への努力を払い、そのために、女性なら思いやりがあり、やさしく従順で協調的であるというような、社会や文化によって期待される仮面《ペルソナ》を形成する。各人はその期待に沿って生きることになるが、可能性として存在しながら生きられなかった半面は、無意識の中に残されたままになる。その可能性が、自分の前半生に疑問を抱くようになったとき、突然自己主張を行い、それぞれの人間の既存の価値観に対する強い挑戦を行うのだという。

河合の論に従えば、住む世界のちがう巽は、「私」にとって未知の豊かさを示す存在であり、可能性の世界への門戸だったということになる。彼女は自己実現のひとつの布石として、彼を散歩に誘ったのであり、それは内的な必然性を背負った行動だったと読むことができる（『母性社会日本の病理』97、講談社＋α文庫）。

あくまで小説からの推測だが、彼女の性格がときに分離して見えるのも、この生きられなかった半面が、従来の仮面《ペルソナ》を破って噴き出すからではないのか。

「しずかにわたすこがねのゆびわ」にこんな箇所がある。

芹子さんは、なぜ男の人と寝たんですか、と梗子が聞いた。
わからないわ、と芹子は言った。／今でも、よくわからない、と淡々とした声で言った。／私はいつも、夫を支えていい妻になろうと考えていたわ。頭ではね。／でも、からだは、あの人に嫌われるようなことばかりしていたような気がする。（略）／でもあの人は、自分からは別れは言い出さなかったわ。／世間でよく言うでしょう。浮気はしても家庭は壊すな。

／家庭は家庭で守るのがいい夫だ。／嫌な妻だから抱かないというのは悪いことだけれど、嫌な妻でも抱くというのは悪いことではない。／妻にうんざりしているけれど結婚生活をつづけるということは誰にも非難されない。／そうしたことに焦立ったわ。／そうしたことを打ち壊してしまいたい衝動があった。／あの時期、私は本当に、夫以外の誰かに抱かれたかった。／一度打ち壊してみたら、その先に、それまで知らなかったことが沢山あった。たくさん。

先の書で河合隼雄は、中年における自己実現という最高に倫理的な問題が、少なくとも外見的には浮気という低級な様相を帯びることの多いのは、従来のあまりにも肉体を否定した倫理観に対する補償作用として生じるものだからだろう、といっている。

手記は「私」と巽のその後のなりゆきを順を追って示していくが、その筆致は、山崎正和が近代作家の固定観念だと指摘した手法に似ていて、干刈あがたらしくない雰囲気をかもしだしている。

「巽は、私が、夫がいるのにほかの男と一度は寝た女であるのに、そうではない振りをしているのを憎んでいたのだ。軽蔑していたのだ」と「私」はノートに記す。それはとりもなおさず、主人公本人がそう思っているということだろう。

離婚後、巽と会った「私」は、何かに決着をつけるように、ベッドだけでほとんど占められている小さな部屋へ行く。トイレの下の隙間からだけ、明かりが漏れている。

巽は私をベッドから引きずり落し、その明りの漏れているところへ私を据えつけると、引きつれている下腹部の傷を上下に何度もたどった。
それから手を離すと壁にもたれて蹲り、くぐもった声で言った。
「二度目に寝る時は離婚して現れるなんて、みごとな女だね」
でも、そういう女は男をダメにするということだとわかった。私はベッドとトイレの間の狭い床の上に横たわり、涙が耳を伝って床に落ちる音を聞いていた。ああ、これでやっと終った、と思いながら。

先に示した乾とのベッド・シーンとは、なんという違いだろうか。わたしはこのみじめささえ漂う箇所が、干刈が錘をつけて沈めたシーンだったのではないかと思う。そして、巽にむかっていう次のセリフは、「裸」という作品のモチーフの根幹をなすものだ。

「私は、いつかはテルに巽さんのことを話すつもりでいる。お父さんにミス・テリーさんがいたから別れました、だけでは不公平だから」

海燕新人賞・受賞後第一作の「プラネタリウム」を書いていたとき、離婚しなければ最後の場面が書けないと思ったように、干刈はこれを書かなければフェアじゃない、フェアでなければ、今後嘘のないものを書いていくことはできないと思ったのではないか。小説はフィクションなのだから、何を書いてもかまわないはずなのに、自分だけがいい子になった作品に、作者は、これでいいのかと問いをつきつけられるのである。

それは「トリコからの電話を聞く時の恐怖心」として干刈の中に立ち上がってきたのかもしれない。「私がトリコに何をしたというのだろう。女は私だけではない。私が巽との物語をたどっているように、何人もの女が巽との物語をたどれるのだ」。そう何度自分に言い聞かせても、電話を受けるたび「恐怖」はやってくるのである。そのとき自分の内側から澎湃《ほうはい》と沸き上がってくる不安、それを振り払うには、内部にあるその根源を外に出してやるしかない。外に出すということは表現するということである。自分が押さえ込んできたものをありのままに見つめ、それを小説に仕立てあげることができたとき、はじめてそれは外へ捨て去ることができるのだともいえる。そして、そうなったときはじめて、作者は得たいのしれない恐怖から解き放たれるのである。

巽とのことを書き終え、一気に怖いところを駆けぬけた干刈は、「私は今ならば自身に認めることができる」と心の底からの声を出す。

そうです、私は浮気をした妻です。
私は、浮気をしても黙っていればよい、知らなければよいのだ、という論を利用させてもらった。

私は、浮気した妻として、夫に対して裏切りのうしろめたさは殆ど感じなかった。

だが、それは自分にとって重く苦しかった。そうした自分に、おびえていたのだ。

浮気した妻という自分をもう一度たどった今、私はそう呼ばれてもよいのだと思える。私にとって大切なのは、自分と巽がどんな関係だったかということだ。何と呼ばれるかではない。


そうして、小説をこう締めくくるのである。


トリコの声は、一言も私を責めはしなかったのに、自分の中に自分を責める声があった。

その声が、乾の妻の声と重なってくる。

そうです。私は浮気をした妻です。そして今また、他人の夫を奪っている女です。

だが私はやはり、また乾と会うために出かけて行くだろう。私にとっての、乾と自分との関係を続けるために。彼にその気持があるうちは。


このとき千刈の息子は中学三年生と一年生である。モデル問題が起こる恐れもあったろう。恐怖の正体を確かめようとして、夢中で内部にあるものを外在化してはみたものの、発表する段階になって、干刈は諸々の影響を考え、自分が取り返しのつかないことをしてしまったのではないかという思いにとらわれたのではないか。

「裸」の半年ほど前に発表された「ビッグ・フットの大きな靴」には、主人公の小説家・育子が印刷所での著者校正を終え、深夜に帰宅する場面がある。

自分が何かひどく間違ったことをしているような気がする。今の暮しは自分にはふさわしくない、きっといつか破綻する、そんな気がする。（略）／街灯の光が自分を非難しているように感じられる。家に何か変事が起っているような気がする。／男性たちは深夜家にむかう時、そんな不安を感じることはないのだろうか。感じても口に出して言ったりはしないのだろうか。（略）／女性たちが家だけに閉ざされずに自分を生かす場がもう少し開かれれば、男性たちもその分だけ楽になるだろうとおおもとのところでは育子は考えているが、自分の身を分けて子を産み、乳を含ませる女の感性が、家を離れた時に感じる痛みや不安やめまいから、自分はシッペ返しされるかもしれないと感じている。破綻するかもしれないという予感がある。試みの時代の中に私はいる、と育子は思った。家の中でぬくぬくと生きてきた女たちが、甘やかされすぎて夢を見て、失敗した時代があった、と後の世の人々が言うかもしれない。だが、さまざまな試みの中からしか、現実的な答は出ないのだと思う。

書き上げた後、もう一度見直す時間があれば、あるいは彼女が自作を疎ましく思うような事態は避けられたのかもしれない。が、締め切りを守る律儀な性格は、書き直す時間をとることを自分に許さなかっただろう。また小説が自然に向かった方向は、作者といえども勝手にねじ曲げることはできないのだ。

「小説家廃業宣言」を書き、いったんは投函しようとしてやめたとき、彼女の胸には何が去来したのか。おそらくは、さまざまな手紙を送ってきた読者の存在も思い浮かんだことだろう。アリス・シュヴァルツァーは、ボーヴォワールへのインタビュー（同前）で、「あなたは世界中の女性たちからこの三十年間手紙を受け取り続けましたね」とその影響の大きさにふれ、「それはあなたが女性の状況について深く分析し、自伝的小説を書いたからです。あなたの小説は真に存在するために、勇気を出して挑んだ女性を描いたからです」と称えている。千刈のもとにも、「どうしたらいいのでしょう。私には仕事もない。何もない。私は何者でもないのです」という女性たちの思いがひそんだ、悲鳴のような手紙が多数届いている。立会人として作家になった彼女は、ここで自分がやめるわけにはいかない、そう思ったのではないか。このとき彼女の胸に、自分の書いてきたものに責任をとる「覚悟」の灯がともったのではないか。

千刈の妹・柳伸枝が、『千刈あがたの文学世界』にこんな文章を寄せている（「いまもニラミを利かすひと」）。

ごめんなさい。干刈あがたの本を私はほとんど読んでいません。なんだかハラハラして、いつもすぐに閉じてしまいます。そんなとき、思い出すことばがあります。
「ひとりひとりの作家と同様に、どんな本も、避けて通ることのできない難関をかかえている。そして、嘘をついていない、ほんとうの本であり続けるため、そういう落ち度をその本の中に残しておく決意をしなきゃならなくなる」（マルグリット・デュラス『エクリール』より、田中倫郎訳）

父のことを書くことで素人のもの書きから「作家」になった干刈は、自らの浮気を暴くことで覚悟を持った作家になり、それまで書けなかった元・夫との心の綾にまで、作品を通してさらに踏み込んでいく。それは自分の気持ちをつきつめることで、人の存在の有り様を表現しようとする作家の自然の営為だろう。

このような心身ともにきびしい執筆生活が、子どもにどんな影響を与えたのかは計るすべもないが、干刈はこの後子どもの問題にも直面せざるをえなくなり、学校問題を扱った「黄色い髪」など、新たな領域にも入っていくのである。

第四章　母と子——それぞれの旅立ち

——今までは、何かを疑ったりすることもなく、子供と一体感を持ち無意識に子供と暮らすことが、自分の自然だった。けれど、それはもう失われたのだ。

（「黄色い髪」）

干刈あがたが、無機質化した学校の問題を扱った小説「黄色い髪」を『朝日新聞』に連載したのは、一九八七年五月六日〜十一月十七日、四十四歳のときである。

この作品は、夏実という中学二年生の少女が陰湿ないじめにあい、登校拒否に陥る状況を、本人とその母親の視点から交互に描いたものである。学校という場所が基本的に競争社会の縮図になり、ほんとうの友だちができにくく、傷つけ合う場にさえなっていることを、干刈は実際に学校へ行けなくなってしまった少女たちに取材して筆をとった。

前年の二月に、「葬式ごっこ」で有名になった東京中野の富士見中学いじめ自殺事件があり、「いじめ」が社会問題化していただけに、連載は反響を呼んだ。

自転車で武蔵小山商店街を行く

最終回のラストには、「これを書くに当たり、若い死者たちの遺書や生活記録を、何度も読ませていただきました」という付記があり、五人の少年少女が命を絶った日付と場所が墓碑銘のように列記されている。富士見中学の事件も四番目にあげられていて、「昭和六十一年二月一日／祖父母の地のビル地下にて　十三歳少年」と記されている。

本文内でも新聞記事としてふれられたこの事件の概要はこうである。

〈昭和六十一年二月一日、岩手県の盛岡駅ビルのショッピングセンターの地下一階トイレ内で、東京中野の富士見中学二年の少年が、ビニール紐をトイレ内側のフックにかけ、首を吊って自殺しているのが発見された。床には鉛筆で書かれた遺書が残されており、彼の自殺がいじめによるものだと判明した。いじめは日常的に行われており、〝葬式ごっこ〟なるいじめには教師も参加

していた。〉

後に明らかになったいじめの状況をたどっていくと、この少年が追いつめられていく過程がよくわかって、胸が締めつけられる。

〈俺だってまだ死にたくない。／だけどこのままじゃ「生きジゴク」になっちゃうよ。／ただ俺が死んだからって他のヤツが犠牲になったんじゃ、いみないじゃないか。／だから、もう君達もバカな事をするのはやめてくれ、／最後のお願いだ。〉

いじめの首謀者たちに宛てた少年の遺書を、干刈はどんな気持ちで読んだのだろう。亡くなった少年は、彼女の長男の一学年下、次男の一学年上で、ほとんど同じ年齢である。

「黄色い髪」には、夏実の母親・史子が、新聞を読むとき、「まず中学生や高校生に関する記事が出ていないかどうかを探すのが癖になっている」という箇所が出てくる。

自殺。体罰による致死。いじめから逃れるために転校を申請したが、許可されないという苦しみを訴える投書——。

史子は、今までこんなにたくさんの記事が出ているのに気づかなかったと思い、やがて記事自体にわからないことがたくさんあることに思いいたる。そして、それらの記事のわからなさの中から、共通して中学生や高校生たちの、自分の子どもと同じ年頃の子たちの呻き声が聞こえてくるような気がする。「考えてよ、お母さん。考えてよ、お母さん」といわれているような気がして、他人事とは思えず、いろいろなことを考えながら新聞記事を読むのだ。

「黄色い髪」の出発点はそこにある。

新聞小説の依頼があった連載開始の二年前頃、干刈の長男は学校不信になり、高校へ行かないといいだしている。彼は理由をはっきりいわないが、干刈はそのことに強い衝撃を受け、「私の育て方、私自身の生き方を反映したような長男を見て、自分を全否定したくなり夜眠れないような日々が続いた」（「子供と私」『おんなコドモの風景』）と書いている。

たぶん、受験体制に疑問を抱いていない人などほとんどなくて、学校教育以外の学び方もあるはずだということは誰でも感じていることなのだ。しかし、それなら自分の子がそれから外れてもよいのかという問いを現実に問いつめられた時、どんな答えを出すかが問題なのだと思う。

私と健一（長男がモデル——引用者）はその問いを現実のものとして向い合い、話し合ったり、喧嘩をしたり、また寄り添ったりして、結局は、どこも高校を受けなくてよいという確信犯への道を選んだ。しかしそれならその先で、どんな道を選ぶか、十五歳の少年を受け入れてくれる場があるのか、という新しい問いの前で、健一は自分の求める扉を叩いて拒否されたり、自暴自棄になったり、気を取り直してまた挑戦したりした。

そんな姿を見ながら私も、自分の俗物性を自覚したり、思い直したり、つらい一年間だった。（同前）

その過程で干刈は、今まで見えていたと思っていた子どもの心や学校での生活が、いつのまにか暗幕でも引かれたように見えなくなっていたことに気づく。

離婚直後の頃、長男が読みながら泣いていたドイツの児童文学作家、ミヒャエル・エンデ作「はてしない物語」には、妻の死の悲しみで心がくもり、息子・バスチアンの姿が目に入らなくなってしまった父親が出てくる。孤独な息子は空想の世界に逃げ込み、現実の世界に戻れなくなりそうになるのだが、干刈は「バスチアンの父は私でもあった」（同前）といっている。

「黄色い髪」の翌年に書かれた、同作の続編ともいえる小説「アンモナイトをさがしに行こう」（『海燕』88・4〜89・5）には、こんな一節がある。

真（長男がモデル――引用者）が高校へ行かないって言い出してからこの二年半ぐらいの間、そのことをずっと考えてたわ。その視点から世界を見ていたという感じ。初めはすべて自分の離婚のせいだと思った。離婚する半年ぐらいはアル中のようになって、蒲団にも入らずに倒れるように寝ている私を跨いで、真は学校へ行ったこともあった。それから離婚して仕事もするようになって、少し忙しくなったりして、真の方に向ける気持が前より薄くなった。それに、私が夜たびたび帰るのが遅くなった時期もあったでしょ。その間に、真はきっと淋しくて、生きる気力も勉強する気力もなくしたんだと自分を責めたわ。（略）真が家を出てから、初めて卒業文集を読んだの。真は見せてくれなかったから。（略）同じクラスの他の子たちが書いたものを読んで、学校が嫌いだったのは真だけじゃなかったんだと思ったわ。私はそれから、今の時代に学校がおかしくなっているんだという像を、いっしょうけんめいつくろうとした。いろいろな人に会ったり、話を聞いたりしてね。

「黄色い髪」は、まさにそんな精神状態から出発したのだった。

干刈は、「なぜこのテーマを選んだのか」というインタビュアーの問いに、「失敗してもいいから、今、自分にとっていちばん見つめることが必要なことを書こうと思ったわけです」（『中学教育』88・5）と答えている。

干刈の長男は、「弱い者を助けなさい」という母親の言葉を守って車椅子の友だちを手助けしたりしたために「いい子ぶりっこ」などといわれ、小学生の頃からいじめにあうようになっていた。中学生になるといじめはエスカレートし、学校の廊下ですれ違いざまに膝や背中を蹴られたり、教科書やノートや鞄を隠されたり捨てられたりは日常茶飯事、少額ではあるが金銭をとられることも常態化し、学校という場がそこにいるだけで辛い場所になっていたのだ。その事実を知りながら見て見ぬふりをする教師たち。自分たちの離婚問題に心をとられ、辛い目にあっている子どものシグナルに気づかない両親。頭髪はスポーツ刈りに決められるなど細かい規則ずくめの学校。入学式のときは新入生代表挨拶を読むほど成績のよかった彼は、家にも学校にもいたくなくなり、朝一応家を出るが、学校へは行かず、近所の公園や図書館で一日過ごしたり、駅前のゲームセンターに居続けたりするようになる。

子どもが学校へ行かないで生きるということは、普通に学校へ行くことよりも、ときには死にたくなるほど膨大なエネルギーのいることである。十四歳の少年が、学校という場所にいるかぎり「生きジゴク」が続くと思って進学を拒んだことは、無意識のうちに自分の命を守る行為でもあったろう。

「アンモナイトをさがしに行こう」第二十一話「桜咲くこのよき日に」には、長男がモデルの真が、「今日、ぼくたちは中学生になります」という書き出しの新入生代表挨拶の下書きを先生に見せに行き、沈んだようすで帰ってきた日のことが描かれている。

直された文はぼくの文じゃない、と真は言った。桜咲くこのよき日に、なんて、ぼくの言葉じゃないよ。（略）

自分の文でないものはいやだと言う真は、馬鹿正直、あるいは意地っ張りともいえる。また、そのくらいの紋切り型、誰だって使う言葉よ、と言わない私も、愚直あるいは世渡り下手ともいえる。妥協も必要だと教えるべきだったかもしれない。でも私は、自分は自分というところのある真の性格を認めたかった。（略）それを通すことが、どんな揺り戻しを受けるかも知らずに。

直された文で、自分でも直していいと思うところは直して、もう一度見せに行ってごらん、と私は言った。真はそれを持っていき、結局「桜咲くこのよき日に」を受け入れ、新入生代表で「桜咲くこのよき日に、ぼくたちは中学生になります」と読んだ。

しかしその時に真が感じた拒否感や嫌悪感は、挨拶文という一つのことがらをめぐってだけではとどまらなかった。あれは中学校という場所での入り口で起こったことだったのだ。

干刈は、そんな息子が陥った危機を察してやれなかったという切ない反省から、今の子どもたちがどんな状況を生きているのかを知り、同じ時代を生きる仲間としてまじめに子どもの身になって悩んでみようとし、多くの中高生に会って話を聞くのである。

半田たつ子のインタビューで、干刈は「あの小説のほんとうの主人公は、史子なのね。とり上げた問題は重くって、どういうふうに解決するか、なんてことは到底書けないのだけれど、大人が何を発見するか、何を考えていくか、ということを追求したかったのね」（『新しい家庭科Ｗｅ』88・4）といっている。

干刈自身を投影した作中の母親・史子は、娘・夏実を救出するためにいろいろな人に会っていくうち、この社会が子どもの柔らかな魂にどんなひどいことをしているかを知る。追いつめられた心はだれかを攻撃することでバランスをとり、だれがいじめられてもおかしくない構図を作っているのだ。

　夏実はそんな中で学校へ行かなくなったのだ。そんな子をどう考え、どうしたらよいのか、私の悩みや迷いはそこにあり、知りたいのはそのことだった。同じ絶望感を抱いているといっても、典子や麗子、そして頭を叩かれるほどのいじめにあった里子でさえも、学校へはちゃんと行っているのだから、夏実や私自身に問題がないとは言えないが、（略）私は、どうしても、そう思わずにいられない。耳もとで、ささやくように言い続けている声がある――学校がとても酷い場所になっているんだよ。でも、それなら夏実がこのまま行かなくてもいいかと言ったら、そうは言えない。ほかの子が行っているのだから行きなさい、とも言えない。

この史子の悩みや迷いが、そのまま千刈自身の悩みや迷いであり、この作品の底に重く流れているのである。

だれも助けてくれないと絶望している子どもも孤独だろうが、どうせわかってくれないと子どもに見限られ、背を向けられている親もそれと同じくらい孤独なのだ……。

作品には、夏実を探しに街に出た史子が、暴走族仲間から脱けようとしてリンチされ傷ついた少女と一緒に、空き地の草原に寝て夜空を見上げる場面がある。

今、自分はよその子と並んで、夜の底に横たわっていると史子は思った。夏実はどこにいるのだろう。夏実の傍らにも、誰かがいてやって欲しい。親たちがみんな、そうなり合えるといいのに。今は自分は孤独だけど、もしかしたら自分のような親が、あちこちに点のようにいるのではないだろうか。この日本じゅうの土が地続きで、同じ空気を吸っているのなら。

このとき史子は、「親が直接子にしてやれることって少ないのかもしれない。何かしてやろうとすると、立ちはだかってしまうようなところがある。自分が夏実にしてやれることは、夏実と似たような子たちに何かしてやるという、遠まわりなことなのかもしれない」と思う。

学校から外れざるをえなかった長男のために、彼と似たような子たちに、遠まわりかもしれないが何かしてやる――。それが干刈が新聞小説の底に込めた願いだったのではないか。

彼女は学校へ行けなくなった多くの中高生に会って話を聞き、その生の声を取り上げて作品に生かしている。先の『中学教育』のインタビューでも、「取材という意識はなかったんです。登場人物というのはほとんど実在の人物に近いの。特に少女などは興味本位に大人の眼で書いたりすることが多いと思っていたし、なるべく現実の子をそのまま描きたかったので、意識して作るということはしなかったのね」といっている。

読者は、現実に苦しんでいる子どもの生の声を聞くことによって、学校へ行けなくなってしまった子の苦しみを内側から知り、史子が娘の見たものを追体験していく姿をたどることによって、子どもの心の中が理解できずさまよい歩く親の苦しみを知る。そして、現代の社会がこんなにも病んでいるのだということに気づくのだ。

共同通信のインタビューに、干刈は、「親の世代は、学校が割とのどかでそんなに悪くない時代に育っているから、学校信仰が強い。だから子どもの学校不信を理解しにくい。問題なのは、学校がすごく閉鎖的で特殊な世界になっていて、外の人がそこで何が起きているのかほとんど知らないことですね」（88・4、『徳島新聞』『高知新聞』等掲載）と答えている。

この作品には、干刈の長男がモデルと思われる、高校へ進学せずに昼は働き、夜は芝居の劇団に行く少年・ワシが出てくる。彼が、学校をさぼって彼の働く店に来ていた夏実に、自分の中学時代のことを話す箇所は、干刈が、長男の中学時代をどうとらえていたかを示しているともいえるだろう。

　ワシの中学はツッパリグループがいて、ある時、ワシ、（略）ナマイキだって呼び出されて殴られた。（略）先生らは、ツッパリグループにびくびくして、おべっか使ってるみたいだった。ワシのかあちゃんは、それはお前の学校の体質だから、お前も含めて生徒自身の問題でもあるって言った。ワシ、三年になった時、校則も生徒自身で考えたり、自分らの学校のことは自分らで考えようって提案して、生徒会長に立候補した。でも、票が集まんなかった。（略）要するに生徒自身が無関心だったんだ。（略）それ以来、ワシ、中学卒業するまで死骸になって教室に坐ってた。そういう先生らが教えることを吸収しないようにしてた。（略）エネルギー使う価値もない相手だと思って、（略）卒業まであと何日って数えてた。

「黄色い髪」は、中高生を主人公にしてはいるが、「学校」が子どもにとってこれほどの絶望を抱える場所になっているという現実から、大人は何を考えねばならないかという小説なのである。連載の二年後に中国で起こった「天安門事件」で、干刈は、民主化を求めるデモの学生たちが、天安門広場で虐殺されるテレビ放映を見て、こんな感想をもらしている。

あの画面は、自分の意見を精一杯言う真摯な態度の美しさと、それに対して無言であることのずるさと、意見を言うこと自体を殺したり封じ込めたりすることの残虐さを見せてくれたが、それは、女がものを言うことに対するある種の人々の態度や、学校の規則に疑義を申し立てる中学生に対する学校や世間の態度とも通じる。そして私たちは、天安門の学生たちに胸を痛めたり、女としては学生の方に近い気持をもっていても、ひょっとすると、意見を言う中学生に対しての世間の大人や親としては、殺戮者に近い立場にいたりするかも知れないのだ。（「上野瞭さんと〈枕〉と私の関係」『どこかヘンな三角関係』）

干刈も、長男が高校へ行かないと言いだすまでは、学校がどんな場所になっているかを知らなかった。むしろ学校に行くのが当たり前という常識にからめとられて、子どもを圧迫する側であったかもしれないのだ。

それなら生身の自分が傷つきながら知ったことを、知っていく過程をきめ細かく書くことで示し、「苦しいのはあなたたちだけじゃない、同じような状況にいる生身の人間がここにもいる」と、実際に苦しんでいる子どもや親にいってやることはできないか。人は、自分では物語らなくても、自分の苦しみを言い当てられたとき、それだけで慰められ、孤独の海から抜け出せるのだから……。

作中の史子が、病弱だった自分を育ててくれた母と比較して、現在の自分を省みる次の箇所は、史子のそのときの苦しみを伝えて心にしみる。史子とその母の時代では、子育てにまつわる環境が決定的に違ってしまっていることの証左でもあろう。

> 母はいつも安心感とつながっていた。医師や、先生を信頼し、自分のやるべきことが何かを知っていた。生きたい魂をこめた私の肉体をよみがえらせようとする母は、周囲の自然や世間と調和し、まっすぐで美しかった。
>
> けれど今、夏実の肉体の中で死んでいくように思える魂を、よみがえらせたい自分はどうだろう。学校を疑い、先生を疑い、自分を疑い、今の世の中を疑い、親とは何かを考え、何をしたらよいかもわからずにいる。自分はねじれ、美しくもない。

今までは、何かを疑ったりすることもなく、子供と一体感を持ち無意識に子供と暮らすことが、自分の自然だった。けれど、それはもう失われたのだ。

前出の『中学教育』のインタビューで、干刈は、「家庭・家族」というテーマで新聞小説の依頼があったとき、自分はまだ作家になって三年目と日が浅く、連載などとてもこなせないのではないかと思った、と語っている。

けれども、高校、大学と新聞作りをしてきた干刈にとって、「新聞」はやはり特別なものだったのだ。

彼女は続けて、「でも、新聞小説をやってみたかったの。読者層がとても広いしね。特に今は純文学というものが読まれなくなっているといわれるけど、わたしの感触では、みんなとても読みたいんだけど自分の読みたいものと一致しないということじゃないかと思うのね。このテーマには問題がいっぱいあるんだから、失敗してもいいからやってみようと、思いきって引き受けたんです」といっている。そして、「せっかくの新聞の場というものを生かしたかったから、何か一緒に考えてくださいね、という形にしたかったの」と付け加えている。

これは、「書く」という能動的な行動を通して社会に働きかけることをめざした、干刈のアンガージュマンといっていいだろう。

「黄色い髪」は、娘・夏実の見たものを追体験することによって、社会や自分の矛盾に気づいた母親・史子が、娘がその生き方を選んだのなら、「高校へ進学しなくてもいい」と思い決めるまでの話である。娘は母親の合意が得られてはじめて、脱色して黄色くなった髪を丸坊主にし、気持ちを新たにして自分の選んだ生活に踏み出す。

本来なら義務教育終了後の進路は自由なはずだが、現在の、ほとんどの子どもが高校へ進学する学歴社会の中で、親が中学卒業の資格だけで子どもを世の中に送り出すことに不安を感じるのは人情だろう。たとえ利己的といわれようと、親というのは、子どもがこの世を生き抜くために、できるだけ有利な条件で社会へ送り出してやりたいものなのだ。かくいうわたしも、息子が大学を中退したとき、幾晩も悩み、正確にいえば今もどうかできなかったかと思うことがある。大学中退でさえ、である。

史子の亡夫の父親が、夏実が進学しないことを知って、「史子さん、まさか中卒でいいと思っているわけではないだろう。人間には、今勉強しておかねばという時期がある。若い時に学んでおかねば取り返しがつかなくなる」と考えを翻させようとしたとき、史子は、「学校ということから考えると、そうかもしれません。でも人は一生学べるのではないか、結果は何年後に出るかわからない、今のわたしはそんな気がしています」と応じるのだが、その答えを出すまでに、この本一冊分の逡巡が必要だったのだ。

「アンモナイトをさがしに行こう」には、千刈の長男をモデルにした真が「かあちゃん、ワシのことで、むこうに言われたんでしょう、教育に失敗したって」と母親につぶやく場面がある。また、ある母親が干刈をモデルにした作家・西山ひかりに、「あなたはねえ、自分が作家だから、子供が多少はずれた生き方してても、それが勲章になるのよ。強者の論理よ。（略）あなた、作家だとかなんとか言ったって、子供が高校にもちゃんと行ってないって、人は内心では馬鹿にしてるのよ」と言い放つ場面がある。

少し長くなるが、「黄色い髪」のラスト近く、史子が娘・夏実に宛てた手紙を見てみよう。

夏実へ

お母さんはこれからあなたに、とても残酷なことを言うかもしれませんが、どうか最後まで読んで下さい。

夏実が学校へ行かなくなってから、私は母親としてあなたにどういう意見を言い、どういう態度を取るべきか、精いっぱい考えました。けれど正直なところ、いまだに「学校に行きなさい」とも「行かなくてもいい」とも言えません。

夏実のあとをたどるようにして、学校、学校のお友達、霞市の夜の中にたむろしている若い人たちと接して、いろいろなことが少しずつわかってきました。夏実が学校に感じていた気持ちも、学校からはずれるにははずれる理由があることも、わかってきました。（略）

学校におさまることは魂の死につながるようなところがあると同時に、学校からはずれることも絶望感から死にむかいかねないようなところがある、と思うようになりました。どちらにしても死や絶望に深く侵されたところに、私たちは生きているのだということに、私もようやく気がつきました。

私に言えることは、夏実自身が選ぶことに意味があると思う、ということです。どちらかを選び、その結果として、夏実が生き難さに崩れたり、死を選んだりしたら——私はそこまで考えました——それが夏実が選んだ生の結果だと思わねばならないという覚悟もしました。

（略）

これを書きながら、夏実を棄てているようなおそろしさも感じています。夏実は夏実、と言い切る痛みを抱いて、夏実自身の選択を待ち、受け入れるしかないと考えている、今の私です。母より

新聞連載は予定より長びき、最終回の原稿を渡した二日後、干刈の髪はゴソッと白くなり、神経症で声もよく出ずご飯も喉を通らない状態になったという（「宇井純さんと〈モズク〉と私の関係」『どこかヘンな三角関係』）。

作家の立松和平は「黄色い髪」の解説で、「作者はペンを走らせながら、震えるような認識を持ったと、作品を読み進めていくうちに私は感じる。作者は時代の中を、登場人物と同じように傷つきながら走っているのだ。それが干刈あがたにとっては、生きて書くということだったのだろう」といっている（「子供に添い寝をするように」『干刈あがたの世界６』解説）。

この年の干刈の生活を「与那覇恵子作成年譜」で見てみると、「黄色い髪」の取材のために原宿で若者たちに話を聞くかたわら、登校拒否の子を持つ親たちとも積極的に話し合っているのがわかる。対談や講演、公開授業の他に、学生時代を扱った小説「ウォークinチャコールグレイ」の連載もはじめ、前年から、アン・ビーティやローリー・ムーアなどアメリカ女性作家の八〇年代の短編十二編の翻訳にも取り組んでいる。国立婦人教育会館主催の募集論文の審査員も引き受けた。

二人の子どもを持ち、老母も近くに暮らす、家事全般をおもに受け持つ母親作家として、この生活は気の抜けない、かなりハードな暮らしだったろう。

干刈の十七回忌のとき、彼女とのつきあいを語った集英社編集者の村田登志江によると、彼女と原稿の話をするのは、近所の商店街で買い物をする行き帰り、自転車を押す彼女と並んで歩きながらという場合が多かったという。昼時にかかると手早くチャーハンや中華風のお菜を作ってくれ、それがスパイシーでとてもおいしかったとも話していた。

「黄色い髪」の執筆中、干刈は煙草の本数が増え、チェーンスモーカーになった。つねに胃痛に悩まされていたが、忙しさからか病院に行くことはなかった。作品を作り出すという多大な集中力が必要とされるストレスの多い生活が、胃癌という病気とどうかかわるのか、専門家でないわたしにはわからないが、後から推測すれば、この頃すでに干刈の胃には癌細胞が忍び寄っていたのだろう。

からだの不調をなだめながら、懸命に、現実に苦しんでいる多くの子どもや親の声を、自分の声と重ね合わせて書いたからだろうか。この作品には、掲載中から、世代や立場を超えてたくさんの投書や手紙が届いた。

それは、これまで干刈が作品を発表してきた文芸雑誌とは格段に読者数の違う、発行部数八〇〇万部という『朝日新聞』の威力でもあったろうが、神経症になるほど打ち込んだ苦労が報われた、作家冥利につきる瞬間だったろう。

連載を終えた干刈は、「私はいつも、未熟な自分が書くということに怖れを抱き続けていますが、読んで下さった人の中に落ちた種が、その人の中で修正されながら、その人自身の芽を出し伸びてくれることを願っています」（「『黄色い髪』の連載を終えて」『朝日新聞』87・11・26）と素直な気持ちを述べている。連載中、児童文学関係のセミナーに参加したとき、学校の現場で悩んでいる若い教師たちが、彼女の分科会の部屋に残って深夜まで熱心に語り合ったことや、今の時代に親としてあることの苦しみに共感する手紙がたくさん届いたことも報告しているから、彼女が作品を通して提出した問題が、最初の意向に沿って読者と一緒に考えるかたちになったことを喜んでもいただろうと思う。

せっかくの読者の声を社会に広く届けるために、干刈は、中二の少女の手紙や二十代の女性の手紙も前出の連載を終えた挨拶の中で紹介している。

一通の投書の陰に五万人いるといわれる、これら「ありがとう、よく書いてくれた」「緊張した日々を過ごすことができた」という反響に、干刈は読者との直接のつながりを実感し、作家として強く励まされる。

ずいぶんいろんな方から手紙をいただきました。ふだん文芸書などはあまり読まないような人たちが、登場する母子を生きている人間として受けとってくださっているのね。そういう意味では、直接的な小説の読者がいるなあということがとてもよくわかりました。作品としてどうかという見方ではなくて、そこに人間を感じてくれているのね。

今まではいつも、一つ書く度にだめなほうばかり見えて、もうやめたいというのがあったんだけど、今回は、だめでももう少しやっていきたいと思うようになっているのね。読者がいるということもあるけれど、もっと自分自身の問題としてこれに書ききれなかったことがたくさんあるように思うの。一見こういう作品とは別のことに思える女の人の性というか生き方全体につながってくる問題をいっぱいはらんでいるのね。こんなふうに、書きたいという気持ちが前に向かっているのは初めてのことなの。（『中学教育』88・5）

このあと干刈は、毎月一回の「ウォークinチャコールグレイ」の連載（87・6〜89・12）を続けながら、やはり月刊の『海燕』（88・4〜89・12）に「アンモナイトをさがしに行こう」を連載しはじめる。

今度は自分と息子たちを直接モデルにして登場人物の一部にし、千刈＝「私、西山ひかり」、長男＝「真」、次男＝「勇」と名付け、ほぼ事実と重なる設定にしての取り組みである。
執筆の動機を、干刈は、作品の最後「第四十三話　一年」に、まるで「あとがき」のように付け加えている。

私自身の中に、まだ前の仕事のやり残しをフォローしたい気持があったのだった。中学を卒業しただけの主人公が、これからどうなっていくのか。一見普通に高校へ進学した子たちの中にもある問題。それは真と勇をもった私自身が、まだ未解決のまま抱いている問いでもあった。

そしてまた、読者からの手紙をよみながら感じたのは、これだけ「情報」の時代と言われているのに、ある特殊な状況に置かれている人（学校へ行けなくなっている子をもっている親、その子自身）にとって必要な情報は、なかなかたぐり寄せられないのだということだった。いや彼らが求めているのは、「情報」であるよりも、同じような状況にいるナマ身のもう一人の「人」であるようだった。
もしかすると私という個人がメディアになって、じっさいに私が顔を知っている子や、その家族について、「ここにこんな子がいるわよ」「そこの家族はこんなふうに対処していますよ」と伝えることができるかもしれないと思った。

そんなことを考え、何がどうなっていくのか、最初から見えているストーリーはないままに、身近の、自分に触れてくることを書き続けていこう、という気持だけで書き始めたのだった。

この作品は、不登校の子どもたちや少年院で過ごす子どもたち、その周囲の大人たちなど、さまざまな問題を抱えた人間たちがつむぐ物語を、モザイク状に表現したものである。「私」と息子たちの物語もそこに挟み込まれ、それぞれが「第○話」と題された章ごとに示される。

ユック舎の代表で、仕事を通じ彼女と友人になった岩崎悦子は、「干刈さんは、実によく人の声を聞いた人だ。『しずかにわたすこがねのゆびわ』には、私が彼女に宛てた手紙の一部が脚色されて登場する。この作品では、初潮についても質問を受けた」(「黒いコートと健康保険証」『コスモス会通信』2号)と干刈の創作方法の一端にふれているが、「アンモナイトをさがしに行こう」には、干刈自身が「メディア」になろうとした意図を反映するかのように、実在する文集やパンフレット、新聞などから引用したと思われる文章が多数出てくる。

それらがどれだけ脚色されて用いられているかは不明だが、たとえば「第二十三話　矯正協会発行新聞『わこうど』」という章は、単行本で二十五ページにわたってその新聞の内容が続く。普通に考えれば、それらはすべて作者が創作したものでなければならない。もし「創作」でないのなら、文学作品としてどうかという以前に、著作権の問題にかかわってくるだろう。

おそらく彼女は事前に了解をとって現実の「素材」を生かしたコラージュとして構成したのだろうが、その扱い方をめぐって、引用された側と齟齬をきたすことがあるのは充分考えられる。

この書を担当した当時『海燕』の編集者・大槻慎二は、「その頃は朝日新聞の連載を終えた直後で、干刈さんは疲れ果てていた。その作品『黄色い髪』はさまざまな意味で干刈さんにとって大きなもので、題材からいって読者の反響も大きく、その分、疲労も相当なものだったろう。／『アンモナイトをさがしに行こう』は、『黄色い髪』の姉妹編でもあり、そこから受けた傷を癒しつつ書き継いだ作品でもあった。が、単行本にしてしばらく後、歌を引用した歌人との間にトラブルがあり、結果、不幸な成り行きとなった」と証言している（「赤い木馬」『干刈あがたの文学世界』）。

短歌の引用は単行本で十ページ・九十首近くにわたっていて、読む限り登場人物の歌として示されており、もし他に作者がいたのだとしたら、出所を示すなどの対応が必要だったろう。

大槻は「干刈さんは本質的には寡作な作家だったのではないだろうか。それを時代が許さなかった。『ゆっくり走ろう』と自分に言い聞かせながら全速力で駆け抜けざるを得なかった」として、「もし自分が、編集者としてキャリアがよりあつく、分別がもっと深い人間として干刈さんの傍らにいたならば……一体何が出来たろう。恨むべきは二十代、三十代の頃の自分の度量だ」と続けているが、わたしはこの事実を知ったとき、何より干刈の疲労の途方もない深さを感じた。

なるべく多くの人の声を、自分が「メディア」になって伝えたい。自分のためだけに書くのではない、人のためにも書くのだ。そんな思いを抱いていた干刈は、「黄色い髪」への読者からの手紙も、差出人に了解をとって自分のエッセイに引用したり、「子どもたちが『黄色い髪』を語り始めた」と題して、『朝日ジャーナル』（88・2・19）に多数掲載したりしている。だから問題になった歌もまったくの無許可で載せたとは考えにくいが、体調が万全でないことからくる疲労が、判断力を鈍らせ、取材を受けた本人はわかっているのだからと、ある種の油断を呼び起こしたのではないか。

資料を自分の作品に持ち込むときは、それをいったん噛み砕いて自分のものにし、あらためて作品の中に組み込んでいかなくてはならないが、それにはそれ相応の時間と労力が要る。締め切りに追われ、空白の原稿用紙に迫られたとき、干刈はとにかくマス目を埋めなくてはと、ナマに近いかたちで目の前にある資料を使ってしまったのではないか。わたしには、そのように感じられた。

作品を書きはじめるとき、干刈の念頭には、おそらく八五年に発表した「しずかにわたすこがねのゆびわ」の子ども版という思いがあったろう。はじめは分断されていた子どもたちの声が、それぞれが抱える問題を語ることによって、その周囲の大人たちの声も含め、最後にひとつの声として響き合う……。

「しずかにわたすこがねのゆびわ」では成功した、そのポリフォニー効果をめざして書き進めながら、結果としては、複数の人物の声が収斂しないままに終わってしまった。「アンモナイトをさがしに行こう」はそんな作品のような気がする。干刈が自分と息子たちについて書いているところには深い洞察があり、わたしはいろいろなことを考えさせられながら興味深く読んだが、干刈自身もまとまりに欠ける作品と感じたからこそ、小説としては異例の「あとがき」めいた一章を付け加えたのではないか。

最後の章「第四十三話」で、彼女は、「私は家に帰ると、一年間書き続けた『アンモナイトをさがしに行こう』を読み直した。私は感じていた。意図とは違って、私は途中からだんだん、学校のことなどからは興味が離れていっているのを」と自作を検証している。第一話は作家である「私」が原稿用紙とインクを買いに街に出て、「私はこれから、いろいろな子供の姿や生き方を書こうと思っています」と語るところからはじめているから、整合性がないわけではないが、無理にまとめた感じはぬぐいきれない。

「初めは勇も中学の現場にいたし、真の生き方も定まってはいなかったから、かなり熱心に周囲を見たり、資料を読んだりしている自分がいる。（略）が、その気持ちがだんだんお座なりになり、ただむこうから入ってくるものをとらえるだけになってきた。／そして私の興味は現在の真や勇のいる場所の方に移っていった。あるいはまた、真と私の関係で、離婚のことや、真の中学校時代のことの方に気持が向いたりした。／つぎつぎと変っていく目前のことを考えて生きていく。中学校のことも、子供たちや自分が生きている場所として興味を持っていたのだ」と。

引用が続くが、干刈の創作の姿勢を伝える大事なところなので引き続き見てみよう。

むろん私はいつも、先ず自分のために書く。自分でわからないことがあるから、それを確かめるために書いたり、感動したことがあると、それを止めておくために書いたりする。けれど、それを誰かに伝えたいから書くのでもある。だからいつも、伝えたい誰かを想定している。この「アンモナイトをさがしに行こう」は、あのアンモナイトをさがす少年の母親、そして、同じような子を持つ人たちを想定していた。学校へ行けなくなるような子って、ほかにもいるんですよ。学校に行かなくても、生きていけるかもしれないんですよ、と伝えたかったのだ。それは自分がなんとか、真も大丈夫だろうと思いたいからなのだった。

でも、真がなんとか自分で働いて生き、勇も高校へ一見なにごともなく通うようになると、私は急速に中学のことには興味を失いつつある。初めから「学校問題」や「教育問題」として興味をもったのではない。そこにかかわる人間に興味をもったのだ。問題が沢山あるのは知っている、が、問題を解決するために小説を書いているのではない。

そう言いきろうとする時、それではなぜ書いているのだろう、という問いが湧いてくる。いつも、こんなふうにして、途中からわけがわからなくなってくる。そしていつも、前に書いてわからなかった部分をフォローするために、もう一つ書いてみようと思う。

干刈を育てた『海燕』の元編集長・寺田博は、彼女の十三回忌に、「全共闘世代の女性の本音、男女関係に対するきまじめな倫理感や生活感が、そのまま現れていた。いわゆる文学からはズレを感じなくもなかったが、だからこそ新鮮で、訴える力も強かった」と振り返っている（「干刈あがたさん十三回忌／遺品の島唄資料に思う」尾崎真理子記者、『読売新聞』夕刊、04・9・6）。たしかに、あくまでも本音で迫る干刈のブレのなさは、読む者の胸にまっすぐ届く力強さがあるのだ。その姿勢に、わたしは、明治生まれの私小説作家、近松秋江の言葉を思い出すことがある。

自分の作には少なくとも、この集に輯めたる諸作には、作者の人為的なる脚色というものがない。（略）／かりに読者の立場に自分を置くも、作者の芸術的技巧によって、ただ、いたずらに、作為せられたる作品に興味を持つ読者の、人生の観照者として、修養の浅薄低級なることを思わないでは居られない。「あんなものを読んで、よく面白がって居られるものだ。」と自分は往々慨嘆を発することがある。

（『近松秋江・宇野浩二集』『明治大正文学全集』第42巻、29、春陽堂）

ある保育園の会で、干刈はゲストの一人として自作にふれ、「特に私は小説書いていくうえで、子どものことはごまかして書いちゃいけないってすごく思うの。特にああいう進学なり離婚のことなりって言うのはね、つくって書いたりして、本当はそんなにいい結果にいかないはずなのに、いい結果になってめでたし、めでたしみたいなの書くのって、すごく私は自分の気持ちに合わないのね。だから、失敗なら失敗も正直に書いたりしながら、行く方向とそのプロセスみたいなのを大事にして、いつかはわかってくれるだろうと思う半面、わかってくれなくてもしょうがないけれども、言いたいことだけは言っとこうとか、そんな感じです」（池田祥子「干刈あがたと私」『干刈あがたの文学世界』）と発言している。

干刈は、何かを省略することはあっても、絶対に嘘はつくまいとした作家だっただろうと思う。そして、徹頭徹尾「自分」という身体をくぐらせてわかったことだけを書いた。

「アンモナイトをさがしに行こう」は、干刈が、「黄色い髪」で書ききれなかったことを確かめようとして書きはじめた作品である。

前にも引用したように、彼女は、それを、「まだ前の仕事のやり残しをフォローしたい気持があったのだった。中学を卒業しただけの主人公が、これからどうなっていくのか。一見普通に高校へ進学した子たちの中にもある問題。それは真と勇をもった私自身が、まだ未解決のまま抱いている問いでもあった」という文章であらわしているが、わたしは、彼女が書ききれなかったと感じた理由は、実はもっと深いところにあったのではないかという気がする。

「黄色い髪」で干刈は、作中の娘・夏実に仮託して、長男が学校を拒否するに至った理由を、「現代社会の病理」に求めた。経済効率最優先の競争原理につらぬかれた社会のありようが、子どもの社会である学校に反映し、命をはぐくむべきはずの場所を、無機質なシステムと化した偏差値一辺倒の息苦しい場所にしてしまっているのだ。だれが行けなくなっても不思議ではない酷い場所に、敏感な子どもだからこそ行けなくなったのだと確認して、学校以外の生き方もあることを自分に納得させたのだともいえる。

ラスト近く、史子の美容院の美容師・保子がいう「夏実ちゃんのように親を亡くした子なら、命に敏感になるでしょうし、離婚家庭の子なら、世の中の制度のようなものに疑いを持ったりするんじゃないかしら。今の世の中が一番考えてほしくないことを考える子たちなのよ」という科白は、千刈のそんな思いを伝えているといっていいだろう。

もちろん、「黄色い髪」は、千刈個人が抱える問題に限定するような狭い視野で描かれたのではなく、現代社会が抱える問題をみんなで一緒に考えようという志のもとに書かれた作品である。千刈はよく健闘して、立派な社会派小説に仕立てあげ、多くの読者の共感を得た。

彼女自身も手応えを感じた作品だったらしく、彼女の看病を続けた親友の毛利悦子は、「最期の時を迎える少し前、〈体を壊してしまったけれど『黄色い髪』が残ってよかった〉と静かに言われました。初めての新聞小説『黄色い髪』はまさしく体を張って書き上げたのだと、心の中で自負したのだと思いました」（「千刈作品が橋渡しになれば…」『コスモス会通信』0号）と証言している。

が、なぜこの作品を書くにいたったのか、その執筆の動機の大もとに迫るとき、わたしはやはり別の見方ができるように思うのだ。

干刈自身を投影した登場人物の史子は、母子家庭の母であることは干刈と同じだが、夫とは死別し、子どもを育てることに手いっぱいで、異性関係もなく暮らしてきた女性として設定されている。干刈が離婚したということ、複数の異性関係を持ったということ、その二点では史子に全面的には投影できない部分が残る構造になっているのだ。

これは史子親子が干刈の友人親子をモデルにして書かれたところからきていると思われる。高校時代からの友人・大谷信子は、長女・六歳、長男・三歳のときに夫を癌で亡くし、英語の教諭をしながら子どもを育てた人で、長女がいじめにあったときの経験を「黄色い髪」執筆の参考になれば、と干刈に話している。長女は、中学一年のとき、授業中皆がうるさかったので「静かにしよう」と声をかけたことがきっかけで、皆に「シカト」されるようになったという。

中三になったばかりのある日、学校から「お嬢さんはどうしたのですか?」と電話があり、びっくりして近所の方に見に行ってもらうと、娘は家で寝ていたそうです。急いで帰ると、机の中には「死にたい」と書いたメモがあり、頭が真っ白になり胸がつまりました。娘が一人で、本当につらい状況にいたことがわかり、自分が娘の心を全くわかっていなかったことに大きなショックを受けました。

大谷は、「『黄色い髪』とヤナコと私」(『コスモス会通信』13号)で、そう娘のケースを語り、「『黄色い髪』の中で、夫を亡くして美容院を経営している母親の史子や、その娘で学校に行かなくなる夏実に、剽軽な物言いで史子の心をなごませてくれる春男、また教師をしている夏実の友人の母などに、とても強い親近感を覚えます」といっている。

彼女を念頭において書かれた作中の史子は、藁にもすがるような思いで訪れた児童相談所の女性相談員に、夫の死後の異性関係について尋ねられ、ないと答えて、「女としてのその不自然さが、子供を抑圧したということは考えられませんか」といわれて絶句してしまう。そして、「女としてそれが不自然だなどと、なぜそんな断定するようにいえるのだろう。私にとっては、それが自然だった。子供たちが小さかったころはその肌に触れ、大きくなってからは言葉や仕草で戯れ合って、私にはそれで充分だったし、子供たちも伸び伸びとやってきた」とかえりみて、子どもの問題は家庭の歪み夫婦の歪みを反映しているという相談員に、性的な関係にこだわりすぎているのではないかと内心反発を覚えるのである。

干刈と史子に共通の思いはある。二人とも、「学校が酷い場所になっているのだとしても、なぜ自分の子だけが学校へ行けなくなってしまったのか、自分が知りたいのはそこなのだ」と思い悩む。が、設定が先の二点で違っているために、作品は干刈自身の答えを引き出せないまま終わっているのだ。

干刈は、長男が高校へ行かないでもいいと思い決めるまでの過程を、作中の史子と夏実に仮託して描くところまでは果たした。けれども、史子が、子どもに対して何の負い目も感じずにすむ境遇であるのに対して、干刈は何かを恐れずにはいられない。その何かが剔抉しきれていないのだ。その部分に引っ掛かるものがあって、干刈は「アンモナイトをさがしに行こう」へ向かったのではないだろうか。

先の『中学教育』のインタビューで、干刈は、デビュー作「樹下の家族」がはじめて書いた作品だったと答え、「生活のほうを大事にするという生き方をしてきて、『樹下の家族』を書くきっかけも、そのころ私生活のことですごく悩んでいたから、そういった自分の悩みを整理してみよう、ものを書きながら考えてみようということだったの。書くということは自分を見つめることで、自分をゴマ化すことができなくなるのね。書いているうちに、正直に生きたいなあという気持ちになって離婚に踏み切れたんだと思う」と打ち明けている。書くという行為は、彼女にとって、ときに自分では認めたくないことも引き出してしまう、生き方の変更を迫ることもある行為だったということだろう。

干刈は、夏実が学校へ行けなくなった理由を、社会の歪みや本人の敏感な性質の中に求めて、「黄色い髪」を書き終えた。けれども、夏実の場合はそれで納得がいっても、自分の長男に関しては、それでは得心がいかなかったのではないか。意識的には心におさめたはずのことが、その実うまくおさまりきっていないということがある。

わたしたちの自我は、心の奥深く存在する自己とつながったときにのみ、安定性を得られるという。それは取りも直さず、自分で自分のゴマ化しを感じているあいだは心が落ち着かないということだろう。わたしはその不安な感じが、彼女のやり残し感の中心にあったのではないかと思う。

それを払拭するためには、自分と息子たちを等身大のモデルとした作品の中で考えなければならない。先の半田たつ子のインタビューで「私は身体をくぐらせてわかったことが本物だと思うの。そこから想像を広げていくことが大事だと思う」と答えた干刈は、やはり私小説が本領の作家なのだ。だれでもが持っている生活の中の喜びや悲しみ、徒労や失敗を見直し、明らかにして人々に差し出した作家だといえるだろう。

少し話がそれるが、小説と評論の両面から自由と平等の問題にかかわる活動を展開している作家、山口泉は、干刈が主婦向けの雑誌『オレンジページ』に掲載した短編集『十一歳の自転車』『借りたハンカチ』について、そこに収録された四十二編の掌編小説すべてに論評を加え、「最終的に受容しない」と手きびしいまでに批判している（「一九八〇年代・日本・疑似『市民』社会」『干刈あがたの文学世界』）。ここではその内容に詳しくはふれないが、それらの批評は的確な部分も多く、あながち適切さを欠くものではないとわたしも思う。第三章でもさまざまな評を取り上げたが、生活の中で自分の内部を見つめるときの干刈の作品は真摯な姿勢が揺るがないが、軽く書こうとすると風俗や言葉遊びに流れて、河野多惠子のいう「うわついた手つき」に見えてしまう要素があるのだ。けれども、わたしは、それらの作品は、干刈の「飯の種」として軽く読み流していいのだと思う。彼女の引き出しの多さ、可能性、また作者自身の書く愉しみとして考えてもいいのではないか。彼女の文学を考える場合、それは本筋ではないのだ。

話をもとに戻そう。

干刈は、「黄色い髪」では、夏実が主人公だったために直視せずにすんだ問題に、「アンモナイトをさがしに行こう」で真っ正面から向き合ったのだといえる。

作中の作家・西山ひかりは、自分と息子二人の状況を書きながら考えていくうちに、「離婚は単に家庭の形が変ることではなく、生き方、考え方ぜんたいに関わってくることだったのだ」と遅れば、せ、な、が、ら気づく。そして、「真が学校ぎらいになったのは、規則ずくめの学校と自分は自分と通す性格との摩擦によるためだけではなく、家での生活の変化、父親との関係、私が仕事に気持をむけてしまいがちな時期だったこと、いろいろなことが作用していた」という結論に達する。

自分の離婚が子どもに重大な影響を及ぼしたと認めること、自分が異性関係にかまけて子どもの心を見落としていたと思い知ることはつらいことだ。

ボーヴォワールは、『第二の性その後』で、「父親も社会も女性だけに子どもの責任を押しつけています。育児のために仕事をやめるのは女性です。子どもが病気になったら家にいなければならないのは女性です。子どもが立派に育たないと、責められるのは女性です」と子どもを持つ罠について言及しているが、いちばんその女性を責めるのは当の女性自身であることが多い。

子どもの問題の原因は母親にあるとする「母原病」という言葉も流行した時期だ。これは精神科医の久徳重盛による造語で、子どもの身体的あるいは精神的な病気の多くは、母親の子どもへの接し方に原因があるとするもので、「登校拒否は母原病」という久徳の主張に、多くの母親が「自分が悪いのだ」と自責の念に駆られ、罪悪感、自信喪失に悩まされた。

女性問題を扱ったたくさんの書を読み、そんな説が根拠のないものであることを知っているはずの干刈でさえ、困難な状況に陥っている我が子を目の前にすると、古い自分が新しい自分を責め苛むのである。

現実に、干刈は何も喉を通らなくなり、「なかなか気がつかなかった私は、やっぱりだめな母親だった。芯にはそういう思いがある」と、仕事を全部断って一週間ほど寝込んでしまう。

そして、ついに次のような境地に達するのである。

> そして今は、こう思うの。学校がおかしくなっているということは確かにあると思う。でもその中で、その子その子がどうするかということは、家庭や周りの人間関係が複雑にから み合っている。やっぱり真にとっては、離婚の影が大きかったんだろうなと思う。でも今は、それだから自分を責めるというふうには思わなくなったの。これが私の生き方だ、という生き方を私がしたんだから、真もこれが僕の生き方だ、という生き方をするのは当然だ。お互いに、どん底まで落ちてもいいから、自分の生き方をやろうよ、と思うようになったの。

「どん底まで落ちてもいいから」というのは、無頼派作家・坂口安吾の「堕落論」を念頭に置いての言葉だろう。「堕ちる道を堕ちきることによって、自分自身を発見し、救わなければならない」。そう書いた安吾の全集が、公開された千刈の蔵書の中にあったのを思い出す。

このとき――「自分の生き方をやろうよ、と思うようになったの」と書き終えたとき、千刈の胸でつかえていた、「黄色い髪」でやり残したと感じたものは、ふっと消えたのではないか……。わたしにはそう思えてならない。

前にも書いたが、自分の内側から沸き上がってくる不安、それを振り払うには、内部にあるその根源を外に出してやるしかないのである。それができたとき、その問題は超えられないままに超えられたともいえるのだ。

この年、雑誌『ソフィア』のインタビューに、千刈は、「彼は彼で生きればいい、親も子を支配できないんだって、死ぬほどの思いをして結論づけたの。今、彼は家を出てアルバイトしながらヘンチクリンなことやってますよ。でもすごく面白そう。思想に興味を持って、自分で勉強しているみたいです。もちろん今だって心配でたまらないわね。夜中に眼が覚めることもありますよ……」(『コスモスノート』08、所収)と答えている。

長男は独り立ちする時期だったのだともいえる。親が離婚などしなくても、中学生の男の子はだんだん親と口をきかなくなり、心のうちを明かさなくなるものだ。ここではふれないが、千刈の次男は、兄の問題で母親が心を痛めているのを間近に見ていたからか、兄とはちがってフツーに高校に進学するが、別の悩みにつきあたる。

母親は自分の胎内で子どもが育つのを実感する。内側から蹴られ、寝返りすることさえむずかしいような腹の重みを抱えて生活し、陣痛の果てに出産する。生まれてからはひっきりなしに乳を与え、オムツを代え、熱を出せば看病し、育てあげるために心をつくす。育児放棄など例外はあるだろうが、仕事の有無にかかわらずほとんどの母親が彼我の区別がつかなくなるほど精神的に密着して生活をともにするのだ。

産み育てる愛に満ちた母親像と、つかんで離さず、死に至らしめる醜い母親像は、ひとりの女性の中に共存している――ユングの高弟であるドイツの心理学者エーリッヒ・ノイマンのこの言葉は、母子の関係を語るときよく引合いに出されるが、どんなかたちであれ、子離れに心の痛みがともなうのは自然なことだろう。

「アンモナイトをさがしに行こう」の翌年発表された「窓の下の天の川」には、語り手の「わたし」が息子・リュージの赤ん坊の頃を思い出す箇所がある。

わたしは乳児室にいるリュージのことを思っただけで、ちちがにじみ、子宮が痛んだ。それほど、あかちゃんとわたしはつながっているもので、わたしは、あれと意識するだけでいい。あかちゃんに名前はいらない。（略）
そして今、（略）石川隆治という名をまとったあかちゃんが、（略）リュージとしているのだと、わたしは感じる。リュージという響きの中に、彼のすべてが含まれている。そしてそれは、いつのまにか、彼の骨が大きくなり、肉がつき、体つきが変ったように、彼自身が身につけたものだ。いつのまにか歩くようになり、しゃべるようになり、自分の考えをもつようになったように、あかちゃんはリュージになったのだ。

そしてそのリュージは、父親からも離れ、母親のわたしからも離れた。彼は自分で自由に、それを選んだのだ。わたしは彼が自分で考え、自分で判断し、自分で行動できるようになるまで、一緒に暮したのだ。彼にいろいろな思いをさせてしまったとしても、させたのはわたしだ、と言えるほど、わたしは彼と一緒に暮したのだ。

長男の進学問題をめぐる苦悩を通して、千刈は子どもからの独立――子離れを果たしたのだといえる。

あとは、別れた夫に対するこだわりを解くだけである。このあと、千刈は、離婚後の夫との関係を見つめながら、意識的には心におさめたはずの、しかし実際にはおさまりきっていない「離婚」にまつわる自分の気持ちを、「窓の下の天の川」を書くことでさぐっていく。

千刈にとって「離婚」は、自分で選んだ結婚を自分で解消し、大切な子どもたちをも巻き込んだ、人生でいちばん重要な決断だったからだ。

その離婚について語ることは、自分の人生を物語ることであり、自分自身がだれであるかを自己確認することである。そして、それが干刈の「書いて生きる」ことの根本にあったのだといえる。

「アンモナイトをさがしに行こう」は、干刈が作家として自分の立つ場所を確認するきっかけになった、水俣病を追求し続けている作家・石牟礼道子の姿を描いて終わっている。

今、この最後の部分を、旅先で書いている。昨夜私は、先輩作家の道子さんの家に泊まった。

道子さんは、三十年前に書き起こした小説を、まだ書き続けている。それだけではなく、三十年前にかかわった「問題」のために、眼の治療をする時間もなく、手術が遅れて殆ど片眼の視力を失った。その眼が最近はひどく痛むのだそうだ。

「問題」にかかわっている時、片眼ぐらい失ってもいいと思ったのだそうだ。その時期、道子さんは「問題」のためにアスファルトの上に筵を敷いて坐っていた。その姿を私は覚えている。若かった私は、その姿を見て、作家になどなるまいと思ったのだった。命がけなのだと。（略）

私は昨夜、道子さんの仕事部屋の中二階に寝た。道子さんは仕事部屋に寝た。三十年前に書き起こした小説の最後の章を書いているという道子さんは、夜中にうめき声をあげていた。

この部分を書きながら、干刈は、自分の胸にも、命がけという言葉を刻み込んだのではないか。「窓の下の天の川」は、人に病院に行きなさいとすすめられるほど面変わりした語り手「わたし」が、今日こそ病院で診察を受けなくてはと思いつつ、なかなか行けずにいる状況で、自分の来し方を振り返る話である。

内容については次章でくわしく見ていくのでふれないが、干刈は医者に行くのを一日延ばしにして、自分と別れた夫、子ども、父や母、女友だちなど、自分とかかわった人たちを思い出しながら物語をつむいでいく。作中の「わたし」が、「やはり何も言わない人間の方が清らかなのかもしれない。／書けない」と記すところまで。

第五章　余命とのたたかい

——誰にでも、いつか、こがねのゆびわが回ってくる。
そして、それを乗り越えた時、本当の自分に出会える。
（「しずかにわたすこがねのゆびわ」）

長編「窓の下の天の川」は、会計士をしているひとり暮らしの女性が、自分の住むマンションの下を通り過ぎる人たちの気配を感じながら、自らの来し方を振り返る話である。最後の一節で突然一年間飛ぶような書き方になっているが、「七夕は、あさって」で終わる十二日間の日常を書きつづりつつ、意識は縦横に彼女の人生に重要なかかわりを持った人物に飛ぶ。

彼女がこれまでに寝た男たち、二人の息子、別れた夫、母、女友だち、元夫の再婚相手……。それら干刈作品の読者にはなじみ深い人物たちとのエピソードを新たに掘り起こすことによって、語り手の「わたし」は身体も含めた自分の内部に深く入り込み、自らの人生を腑分けしていく。

事件は二つ起こる。一つは乳房にしこりを感じ体調をくずしている「わたし」が病院で検査を

小金井公園にて

受け、更年期障害と診断されること。もう一つは、元夫の再婚相手が卵巣癌で長くはないことを知らされ、ほどなくしてその死の報を受けることである。

このモノローグ形式の作品が雑誌『新潮』に発表されたのは、一九八九年九月、干刈四十六歳のときである。

その翌年、文芸評論家・黒古一夫のインタビューを受けた干刈は、前年十二月に連載を終え山本周五郎賞候補となった「ウォークinチャコールグレイ」について尋ねられた際、「でもあれは三年位前からの同時進行で、自分の中では一番新しいものではありません。自分の感じとして新しいのは『窓の下の天の川』なのです」と、この小説が彼女にとってより切実な作品であることを匂わせている。

続けて干刈は、「あれは自分に、老いとか死とか、老いていく中の性とか、そういうことが射程に入ってきたところで書いていています。自分でとても体が大変な時に書いていていて、もう書くのがだるくなっていたのですが、いま自分の中にあるのはその系統です」と語り、「というのは今年（一九九〇）五月と九月に、胃と腸の手術をしました」と病気によって心境が大きく変化したことを打ち明けている（『異議あり！　現代文学』91、河合出版）。

干刈本人には最後まで癌であることは知らされなかったが、癌細胞にむしばまれつつあった執筆時の体調を反映してか、この作品の語り手「わたし」は異様なだるさにとらわれている。

作品内の第一日目・金曜日は、朝早く夢から覚めて、「もう少し眠っておかなければ。ゆうべもなかなか寝つけなかった。（略）／やはり一度、診てもらわなければ」と思うところからはじまる。状況はこんなふうである。

　机の前に一応坐るが、背骨がだるくて、からだを支えていられない。少し眠ってだるさが抜けてからにしようと、畳の上に横たわる。（略）

　横になっても眠れず、こんなことばかりしていたら時間ばかりが過ぎていくと気があせり、また起き上る。そして机の前に坐るが、坐った瞬間からもう横たわりたくなっている。（略）

　痛みは歯をくいしばって怺えられるが、だるさは怺えようもなかった。これほどのだるさは異常だ、明日はかならず医者へ行こうと思いながら、ふらふらと起き上っては机の前に坐り、またふらふらと椅子から立って横になる、ということを繰り返して夕方まで過ごしてしまった。

その日、家に訪ねてきた人からは、「どっか具合が悪いんですか？　すごく疲れた顔してるけど。それに、痩せたんじゃない？　顔がほそくなってるみたい」と心配される。そして夜中には吐いてしまう。盛大に三度四度吐いたあともまだ吐き気が襲ってくる予感がして、トイレの床にしゃがみ込み、便座カバーの上に腕をのせ、その上に額をのせて、明日こそは医者へ行こうと思いながらじっとしている。吐き気がおさまったと思い、立ち上がろうとからだを動かすと、また吐き気がこみ上げてきて、最後はほとんど黄緑色の液体を吐く。コックをひねって料理前の挽き肉に戻ってしまった夕食のハンバーグを流しながら、「わたし」は孤独というコトバの滑稽さを感じて、「一人でいることは孤独というコトバほど素敵ではない。便座と一緒だったりする」と思う。

先のインタビューで、干刈自身、からだが大変なときに書いていたと語っているから、この主人公のようすが当時の彼女の体調に近いと考えていいだろう。ただ、干刈は、具合がよくなくてもそれを表に出すタイプではなかったらしく、身近にいた友人の毛利悦子はそれほど悪かったことに気づかず、今でも悔いが残るという。

もっとも干刈自身もそれほど深刻な事態とは受け止めていなかったようで、この作品の発表から三か月ほど後の十一月二十七日から十二月一日にかけては、雑誌『小説新潮』の取材で西表島のジャングルを踏破し、「こわごわ参加の私は、島に入ると思いがけなく元気に歩いたのであった」と同誌の連載エッセイに書いている（「横塚真己人さんと〈長太郎〉と私の関係」）。旅から帰った二週間後の十二月十五日には、ユック舎創立十周年記念のパネルディスカッション「女の仕事はおもしろい」にパネリストとして参加もしている。

それからさらに三か月後の三月初旬の彼女のようすは、同連載エッセイ「菊地信義さんと〈ピンク色〉と私の関係」から見てとれる。

二年半にわたって講談社の『ＩＮ★ＰＯＣＫＥＴ』に連載した青春小説『ウォークinチャコールグレイ』の単行本化のためのゲラ刷りの校正がやっと終り、それを担当編集者のＴさんに渡すため、自転車に乗って約束の喫茶店へ行く。（略）

予定より一か月も遅れてしまった『ウォークin――』のゲラ刷りを持って喫茶店の階段を上っていくと、待っていたＴさんが私の顔を見て、びっくりしたように「どうしたんですか？」と言った。顔色がひどく悪く、頬がこけ、ハアハア肩で息をしていたそうだが、私は自分がそんなふうだとは自覚していなかった。去年一応の健康診断も受けていたので、このところ疲れやすいのは年齢のせいだろうくらいにしか考えていなかった。

このときの「去年一応の健康診断も受けていた」というのが、「窓の下の天の川」で主人公が受けた検査にあたるのかもしれないが、そのとき少なくとも癌は発見されていなかったのであろう。

作品内の五日目・火曜日には、「ゆうべは、こわかった。おそろしかった」という書き出しで、夜中にトイレに立とうとして、突然、後頭部に衝撃を感じ、めまいと吐き気にとらわれたときのことが出てくる。


わたしは、こわかった。説明できないような、直接的なこわさだった。

ああ、こわい、こわい。これは、いつもの立ちくらみとは違う。そう思いながら、眼をとじて、ぐるぐる回る感じが少しずつ退いていくのを待っていた。（略）わたしのなかには、今まではしらなかったような恐怖感があった。

わたしは、もう一度ゆっくり起き上ってみて、もしめまいがするようだったら、誰かに電話をしようと考え、香川さんにすることに決めた。リュージには、もし大丈夫だったら、いつか近いうちに話しておこうと思った。（略）

また、便座とともにある孤独。

わたしはゆっくりと戻ると、豆電球を点けたまま、香川さんには電話をせずに横になった。一人で眠るとき、とてもこわいの、と彼女が言っていたことを思い出した。

母が夜中に電話をかけてきた気持も、あのころのわたしには、わかってはいなかったのだと思った。

自分のからだを通して実感したことだけを大事に書こうとした干刈ならではの筆致だが、このとき「わたし」が息子・リュージに話しておこうと思った内容は、作品のうしろの方に出てくる。父親から再婚した妻の容態を聞かされた息子が、「おやじさん、大変だね」と「わたし」に電話をかけてくるシーンである。

「俺、義理で行くのはいやなんだ。こういうことは、義理でもやらなくちゃいけないのかもしれないけど。だから、そのときの気持で決めようと思うんだ。でもなんだか、おやじも、おふくろも、あの人も、かわいそうだな。(略) あの人、おふくろと似てたんだ。俺、それで行きたくなかったんだ。俺が行くと、あの人はいっしょうけんめいやらなくちゃならなくて」

電話口の向こうでひと言ひと言噛みしめるようにいうリュージに、「わたし」は、息子とこういう話がこんなに早くできるとは思わなかった、と一種の感慨を覚えながら、「いつか話しておこうと思ったこと」を伝えるのである。

――ねえリュージ、これは今度のことと関係なく、わたしから言っておくことなんだけど、お母さんはね、もうリュージも一人前になったし、いつ死んでもいいと思ってたの。でもね、人はそんなに簡単に、きれいに死ねないらしいことがわかったわ。

――……。

――このあいだね、もしかしたら乳癌じゃないかと思ったの。検査をして、まだ全部おわったわけじゃなくて病院へ通ってるんだけど、一応、乳癌ではないらしい。いろんな体の変調があってね、そのとき、老いていくとか、死んでいくというのは、かなりいろんなことがあるんだと思った。恐怖感とか孤独とかね。わたしはかなりジタバタするかもしれない。できるだけ人に迷惑かけないようにしたいと思うけど、意志をこえてしまうものがあるのよ。

――……。

――たぶんね、人は一人の中には納まりきらないものなんだわ。はみ出したり、補ってもらったりしなくちゃならない生きものなんだわ。そのことを言っておきたかったの。耳のどっかにちょっと入れておいてくれればいいんだけど。

おそらく作者の干刈本人も、この主人公と同じく、老いていくということや死んでいくということ、そのときの恐怖感や孤独について深く思いめぐらしていたのだろう。小説『窓の下の天の川』の構想は、干刈がだるさを感じて部屋の中に横たわっていたときに生まれてきたものだろうという気がする。作中には、「部屋の中に自分以外の人間の気配がないと、外の物音がよく聞こえる。／外の物音を、じっと聞くようになる」という箇所がある。

この時期、干刈は、それまで住んでいた家の建て替え中で、小説の舞台と同じく近くに小学校のあるアパートに、高校生の次男とともに仮住まいしていた。

小説の語り手が住む「六つ目ハイツ」の窓の下は、小学生や歩行困難なおじいさんがよく通る設定になっている。近所の奥さんや新聞配達員の気配が伝わり、小学校のスピーカーの声が届き、カラスの鳴き声も聞こえてくる。それらすべてが生きているものの匂いを放って、天の川のように窓の下を流れているのだ。

この作品が『新潮』に発表された翌月、秋山駿、井口時男、岡松和夫による『群像』（89・10）の「創作合評」で、文芸評論家・秋山駿は、ストーリーの進行というかたちで内容が進んでいくわけではないモノローグ形式のスタイルにふれ、「この小説の中に、近所の小学校のいろんな子供たちの言葉とか、通行人のおじいさんたちの姿とか、ものものしく両わき一行あきで、『誰かがノックしている。』とか、『カラスが鳴いている。』というのが一行独立して入っていると、何かひどく意味ありげな気がして、やっぱりそういうところにひっかかる。カラスなんかどういう意味かなと思ってずっと読んでいったら、とうとう何でもないような気がする。（略）／ここにある『わたし』という主人公を軸に広がる生き方は、この作者の『ウホッホ探険隊』以来の主題だね。ひとり暮らしになって暗い色調のところで、大切なところだと思う。そういう主題を追求するときに、なぜこんな書き方をするのかわからないですよ」という感想をもらしている。

これを受けて文芸評論家・井口時男は、「ただ、読みやすさということでいえば、（略）そっちの方に意識を転換することで、作品にある種、明るさといいますか、軽快さを与えて進行する。

／また逆にいうと、そういう転換をしないと、この人の場合はいつでも作品が続けられない。そういうところがあるんじゃないかなという気がするんです」と、長所とともに、「散文の心理の進行を構築できないから、自然進行するしかない」と短所も指摘している。

干刈は、吉本ばななとの対談で、「二十代の初めに、フランスのヌーボー・ロマンと正面衝突しちゃって、とても小説って書けないと思っちゃったのね。（略）小説の形というものはどういうものかわからないけども、とにかく何か書きたいという、その辺で出発したにすぎなくてね」（「40代の小説と20代の小説」『新刊ニュース』88）と語っているから、従来の小説の形式をとらないのは意識的である反面、当初は手探り状態だったともいえるだろう。

「反小説《アンチ・ロマン》とか新小説《ヌーボー・ロマン》とか呼ばれる流れ」をあげて干刈を論じた作家の三枝和子も、「理論や西欧文学の影響などからこの方法を獲得したのではなく、ある意味で単純に、女性の思考方法を突き詰めて行って、そこに到達したもののように思われる」（「干刈あがたの思考方法」『干刈あがたの世界5』解説、99）として、それだからこそ、「『私とは何か』と問おうとしても『家族とは何か』のしがらみをまとってしかそれが発想されない女性の思考方法」を具現した干刈の作品は、具体的な問題が優先し、「この具体的な問題が優先するところが読者にとっては魅力で、私たちは作品を読むことによって直ちに、日常生活のあれこれの助言を得ることができるのである」と評価を与えている。

わたしも干刈文学の魅力は、軽妙な文体で真摯に女性の具体的な問題を考えた点にあると思う。

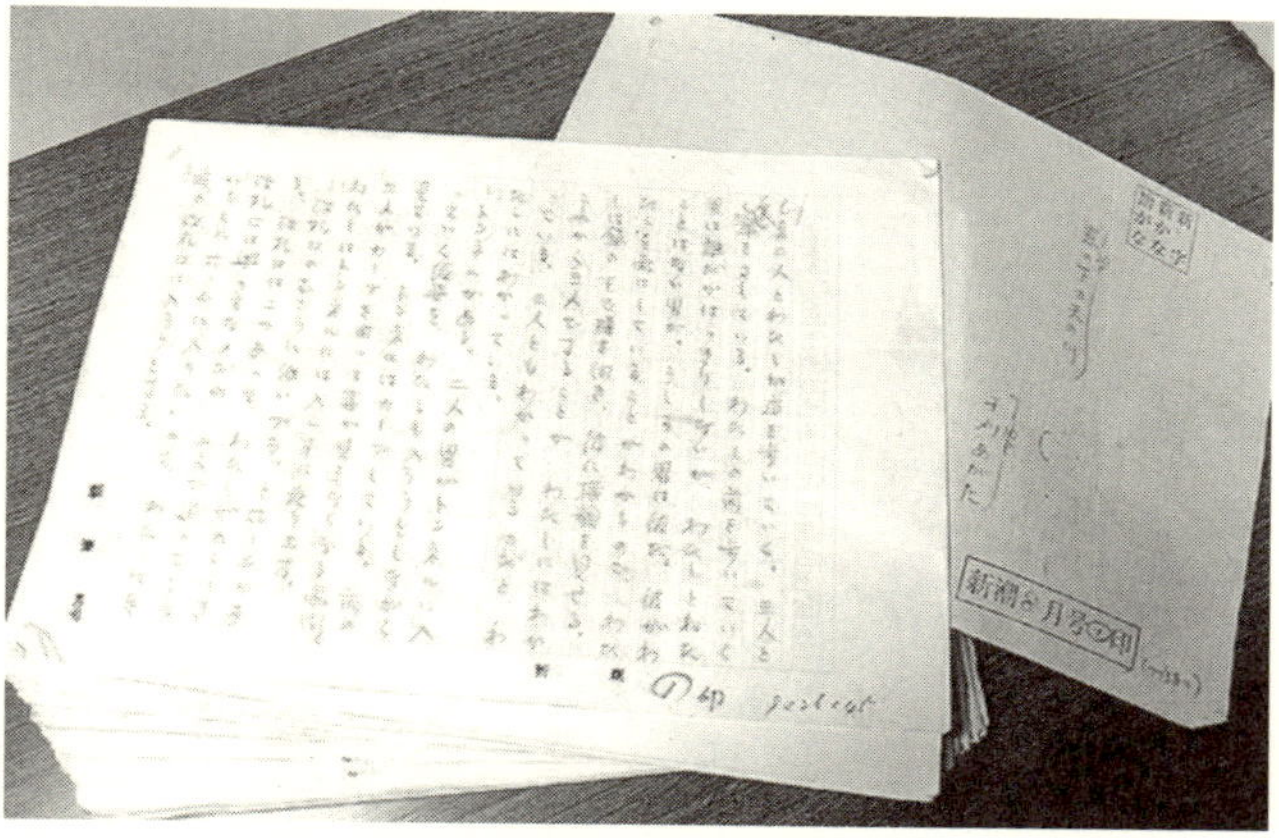

「窓の下の天の川」の生原稿

前にも書いたが、干刈の書く「わたし」は、標本箱の昆虫のように、個でありながら全体である、そんな種としての「女」の気持ちを体現しているのだ。新しい形式を試みたのも、従来の器では、そんな広がりを持つ女性の意識をうまく盛り込むことができなかったからではないか。小説の居住まいを整えるには、飛び出すものが多すぎた、そうもいえないだろうか。

少し話がそれたが、前出の秋山や井口の指摘が頭にあったのかどうか、先に引いた黒古一夫のインタビューの中で、干刈は、その時点の心境を「死は意志と関係なくやってくるから、今は、生きているのだから大事にしようと思う感じです」と語り、「『窓の下の天の川』で窓の下を通っていく小学生を繰り返し書いているのも、流れというか受継ぐというか、人が一個の体としては死んでも何か伝わるものがあるのではないかという感じが、充分表現しきれなくてもあるのです」（傍点引用者）といっている。

これは、前出の論で三枝和子が『しずかにわたすこがねのゆびわ』について言及した際の、「長い間近代小説を支配して来た『自我の表現』という神話を覆すものであり、物語が個々の人間の生き方を超えて展開する、ある流れのようなもの、ある場所で働く力のようなもの、の表現に傾きつつあることを示すものである」という見解がそのまま当てはまるように思える。

悠々たる未来のある小学生や、死が間近いだろう老人、日常の営みを続ける人々、カラス、それらひとつひとつの命が、無数の星の群れである天の川のように流れている。自分はその中の一点にすぎない。その深い自覚からこの小説は生まれてきたのだろうと思う。

作中には、「わたしはじぶんのこころとからだに揺すぶられてこれを書き始めました」という一文がある。作品全体にいのちの流れのような大きなうねりを作り、その流れの中に、自分のかかわってきた大切な人たちとのまだ書いていない部分、新たに獲得した思い、創作に対する考え、それら自分にとって切実な思いを、笹舟を浮かべるようにして書いた。この作品はそんなヌーボー・ロマン的構図を持った小説である気がする。

また、干刈の別れた夫の再婚相手は、現実に癌で亡くなっているから、その死の重みが干刈自身の体調の悪さと重なり合って、作品に反映されているとみることもできるだろう。

「わたしはなんだか、彼女がそんなつらい病気になっているときに、わたしもからだとか命というものがどんなものであるかをしきりに考えねばならないような状態になったのは、彼女がわたしを呼んだのだという気がします」

干刈は主人公にそう語らせている。

自分のからだが大変なときに、離婚の遠因になった女性も同じように死に向き合っていた。そのことが、ユングのいうシンクロニシティ（共時性）を干刈に感じさせずにはおかず、この作品執筆の大きな動機になっているのである。

それまで、干刈は、作品の中に、夫が交際していた女性の姿を直に登場させることはなかった。せいぜいが、「知る人ぞ知る知的な家の娘さんで、長年キャリアウーマンとしてやってきたらしい人のいるもう一つの部屋は、きっとセンスがよくて、子供のガラクタなど散らかっていないのだろう」（「ウホッホ探険隊」）というように、いささか皮肉に夫との関係の中で匂わせてきただけだ。

「窓の下の天の川」には、主人公と「別れた夫」の関係について、「わたしのこころのなかを彼が知ったら、とてもそんなことは言えないだろうと思うようなコールタールのようなものを、わたしはいまだにかかえて掻き回していた。離婚したあともそれと格闘して、その上澄みの部分で彼とつき合ってきた。それでよかったのかどうかはわからないが、彼とわたしは今、こんなふうに向い合っている」と記している部分がある。

干刈にとって、夫の交際相手だった女性を直接描き出すことは、そのコールタールのようなものを掻き回してしまうことだったのではないか。

元夫から彼女が死に瀕していることを知らされたとき、「わたし」は一度だけ電話で話したことのある彼女の最後の言葉を思い出す。

――いつか、女どうしの話ができたらと思っています。

彼女は、「わたしはただ、彼といいお友達でいられればいいと思っていたのですが、こんなことになってしまって、申し訳ないと思っています」と謝罪してから、思いきったようにそうつぶやいたのだ。

元夫と喫茶店で向かい合いながら、「わたし」は、「こころのぜんぶが十だとすると、十分の一くらいは、そんなこと、と思ったのです。何か彼女が言い訳めいたことを言うような気がしたのです」というそのときの自分の気持ちを思い出す。

そして、彼女の再入院した時期が、自分が乳房に痼りを感じうっとうしさやだるさを覚えるようになった時期と、ほぼ同じだと気づいて、膝が小きざみに震えはじめるのを感じるのだ。

卵巣癌という病気のことはよく知らないが、それはただ病気の患部がからだのなかにあるということではなく、痛みや苦しさやだるさ、不安や孤独、治療を受けるときの切なさや屈辱感、人への思いなど、さまざまなものを彼女にもたらしたに違いない。今もそれらをかかえて、わたしにはみえないどこかで横たわっているのだ。彼女のものほど大きくはなくても、わたしにはそれが少しはわかる。彼女とのつながりを感じる。それはわたしのからだが知ったから、彼女のそれもわかるのだ。

「わたし」は、用心深く心の底に押し沈めていたはずの彼女と、思いがけずつながってしまった自分を感じる。彼女は若いときに短い結婚生活を経験して、それからずっとひとりで生きてきた女性である。彼女と同じく離婚し、妻子のある男性との交際も経た「わたし」は、それまで見えなかったものが見えるようになり、「あのときは（略）勝手な言い方だと思いましたが、今はわかる気がします。彼女もたぶん、いろいろな思いをした人なのだろうと思います。話してみたかった」という心境に至る。

この作品の三年前に発表した「しずかにわたすこがねのゆびわ」にはこんな箇所がある。

ある時は、私は妻の立場にいて、夫のむこうにいる女の人とは逆の立場にいたわ。
でも、自分も一人になってみると、今度は妻と逆の立場になるかもしれない。
女の立場はぐるぐる変るのよ。
そして、妻である時はわからなかった、逆の立場の人の気持がわかったりするの。（略）
私は妻というものについて、今になってわかったことがあるわ。（略）
私はあの頃、自分はきよらかだと思っていたわ。

でも、妻のきよらかさは、誰かがどこかで苦しんだり、眠れなかったり、暗闇を見つめたり、痩せたり、子をもつことをあきらめたり、黙ったりしていることの上に成り立っていたのかも知れない。

死の床にいる彼女を思い浮かべながら、「わたし」は、「なんだか、あなたもリュージもわたしも、彼女を失うことになるのだという気がする。カタッと一人がはずれるような……。こんなことになるなんて思ってもいなかったわ」と別れた夫にいう。そのときはじめて「わたし」は、夫の外の女性という記号ではない、「みず江」という名を持つ丸ごとの存在としての彼女を認め、受け入れたのではないか。

それが干刈を大きく揺り動かして、彼女も重要な登場人物の一人だった自分の「離婚」とその後を、あらためて見つめ直す小説を生んだのだといえる。

近代文学の研究者・橋詰静子は、論考「あがたについて知っている二、三の事柄」で「ウホッホ探険隊」を取り上げ、興味深い考察をしている。

これは離婚後の「明るい母子家庭」を、母親と二人の子が必死で演じているさまを、長男への二人称呼びかけ体で、生き生きと描く。だから母親と子供たちとの会話が作為的であるのも、ききにくいことを母親にきいてはっきりさせておこうとする子どもの態度も、そこから来る必然で、むしろ母と子との生の現場を見すえる力強さと感じられてよいだろう。しかし、「『お父さんは、なんで別の人を好きになったのかなあ」と君が言った。／『いろいろあるみたいよ、言われちゃった』／『どんなこと』／『言いたくない。秘密』」という条りを読むと、夫は黙して語らなかったのだなと納得がいく。いろいろ言われちゃったというのは見栄なのだ。本当にこの夫は内向の世代らしい。

（「女性作家の新流」『国文学解釈と鑑賞』別冊91・5、至文堂）

また、フランス文学者で評論家の海老坂武も『シングル・ライフ』（86、中央公論社）で「樹下の家族」を取り上げ、似たような指摘をしている。

この夫は、一般の夫の図式からいささかそれていて、〈私〉にたいして家事女という役割を押しつけてこないのである。高層ビルの一角にある彼の仕事場は都会の生活の快適さを保証する一切の器具を備えており、それは家事女をもはや必要とはしない空間である。そして彼はゼニカネを渡す以外には「夫」の役割もほとんど放棄しているかに見える。いやそもそもこの「夫」は、物語の中にほとんど登場せず、彼の言葉はただの一つも記されてはいないのだ。言いかえれば、〈私〉の頭の中に彼の言葉は刻印されておらず、この不在人間は沈黙人間でもある。その沈黙のむこう側では彼とて言葉を語っているはずだが、その言葉は〈私〉によってはとらえられてはいない。これは八〇年代に入ってクローズ・アップされた「家庭内離婚」の潜在的なケースということになるかもしれない……。

両者とも、夫が妻とコミニュケーションをとろうとしていないといっているのだ。少し違うのは、橋詰が、夫は黙して語らなかったのに、そのことを妻は見栄で子どもたちに隠したと解釈している点、そして海老坂が、夫は何らかの言葉を語ったのに、それが妻の頭の中には刻印されなかったととらえている点である。

けれども、そうだろうか。両者とも取り上げた作品のみを対象にした論だから仕方がないが、干刈の全著作を背景に置くとき、わたしには、夫は無口なりにそれなりのことをいい、妻はそれを真正面からとらえてしまったからこそ、書けなかった、あるいは書かなかったのだと思われる。それは第一に、離婚によって巻き添えを食うかたちになる子どもたちへの配慮だったろう。母子三人の生活を立て直していくために、マイナスになる要因は注意深く封印したともいえる。

干刈は、『思想の科学』（88・7）の黒川創によるインタビューで、「『ウホッホ探険隊』では、子どもの言葉はほとんど作っていませんね。離婚を考えてる人がかなり切実に読むだろうから、正直に書かないといけないと思ったんです。だけど、それを引き出す生活の場での母親の言葉は、意識的だった。子どもたちに、どういう方向に目を向けさせようかと、言葉を選んでしゃべってるから。どういうことは話さないで、どういうことは大人になってから彼ら自身が考えればいいとか。だから、母親の言葉には、ウソというんじゃないんだけど、すごく判断とか作為がまじってるわけです」と答えている。

この良識ある母親の配慮というのか、一種の市民的な節度を持った書き方は、作家・干刈の特徴であり、従来の文学観からすれば物足りなさに通じる諸刃の剣ともいえる部分だろう。彼女の初期の作品は、子どもの成長を踏まえて、書く内容を「判断」し、「作為」をまじえて、きれいごとの範囲におさめてしまっているということだ。

しかし、書くということは本来そんなに生やさしいことではないだろう。干刈自身、「コトバをつかう人間は、最後には清らかなところへ出てゆきたいという願いによって書いていても、途中でいろいろいやなものも揺り起こします」（「窓の下の天の川」）という言い方をしているが、作者が作品を完璧にコントロールできたとしたら、それはそれだけの作品でしかないということでもある。

子どもたちが自分で判断できる年齢になったということも大きいだろうが、干刈が小説で果敢に自分の内部に切り込む過程を見ていると、わたしはコミュニケーション心理学などでよく使われる「ジョハリの窓」という用語を思い出す。

これは対人関係における気づきのグラフモデルで、自分をどのように公開し、隠蔽するか、コミュニケーションにおける自己の公開と円滑な進め方を考えるために提案されたモデルである。

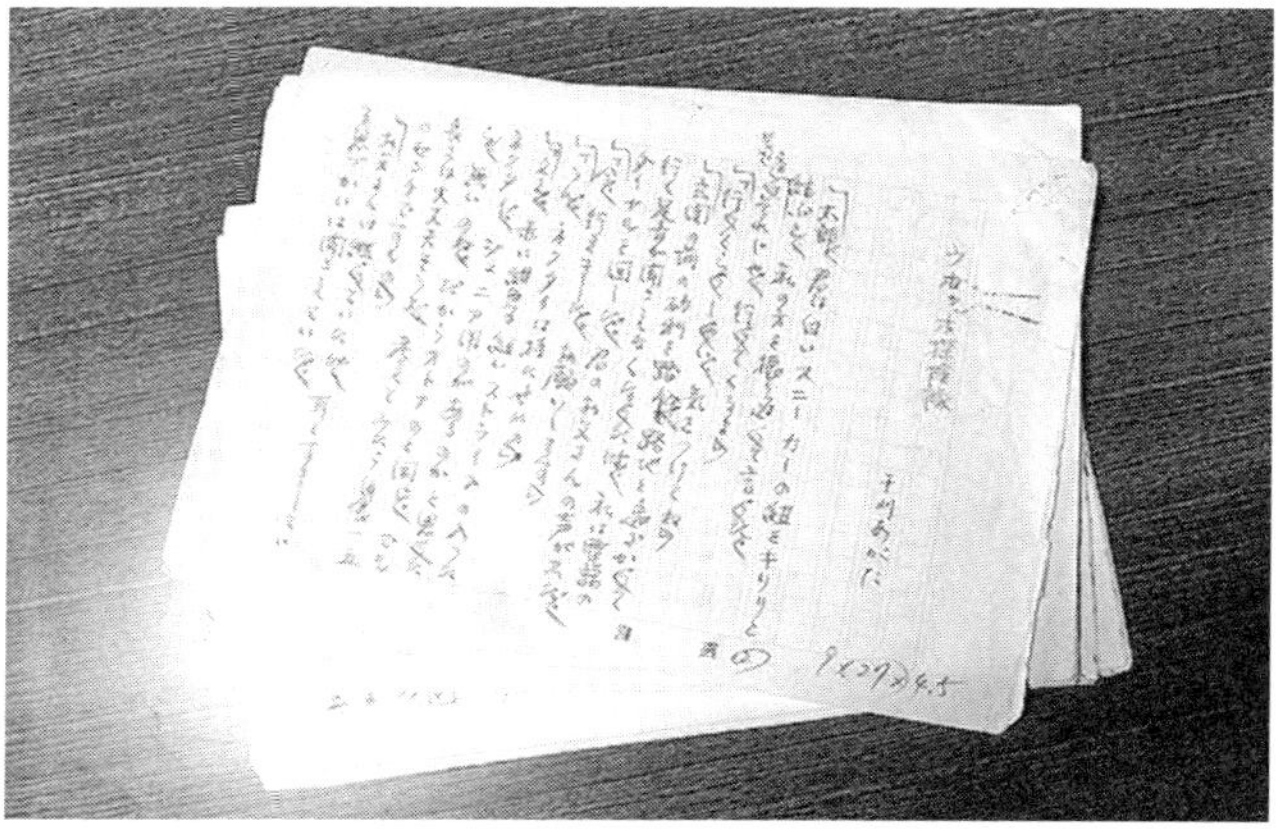

「ウホッホ探険隊」の生原稿

自己には、「公開された自己」「隠された自己」「自分は気がついていないものの、他人からは見られている自己」「誰からもまだ知られていない自己」の四つの窓があるという。この窓のうち、「公開された自己」の領域が大きくなれば、それだけ自己開示が進んだということで、「誰からもまだ知られていない自己」、つまり無意識の部分が理解できるようになり、抑圧された部分が少なくなって、気づかずにいた能力や才能を発見する効果をもたらす。

干刈は「隠された自己」を少しずつ明るみに出すことで、「公開された自己」の領域を広げ、徐々に無意識に埋まっていた自我を掘り起こして「自己」を完成させていったのではないか。

「ウホッホ探険隊」には、「離婚届を取りに区役所へ行った帰りに、歩きながら見上げた空の青さと、それを出した時に夫が言った肯定でも否定でもない寒々とした一言を、私はお墓の中まで持って行くだろう」という一節がある。

その封印した夫の一言とは何だったのだろう。

「窓の下の天の川」には、その一言と思える言葉を七文字分空白にしたままの「　　　　　　　」という箇所が繰り返し出てくる。たとえば、離婚に際しての子どもの養育をめぐって——。

あなたが会いたい時にはいつでもリュージに会わせる、リュージ自身がいやだと言わない限りは。そしてリュージがあなたに会いたいと言うなら、いつでもあなたのところに行かせる。そしていつかリュージ自身が、あなたの方と一緒に暮すことを望むようになったら、その時はそうさせる。でも今はわたしと一緒の方がいいと思う。

わたしがそう言うと、彼は「　　　　　　　」と言った。面倒な話は聞きたくないというように。

かつて干刈は、小説「裸」で、自分の気持ちに合わない言葉で書くよりはとベッドシーンを（……）で表したことがあった。この場合、意味合いは少し違うが、お墓の中まで持っていくと決意した言葉を書く代わりに、空白にすることを選んだということだろう。

それがどんな言葉であるかは、注意深く作品の文脈をたどっていくと、漢字と仮名を合わせた、ある七文字の言葉だと推測できるようになっているのだが、干刈がいかにその一言にショックを受けたかが「空白」に示されているともいえるだろう。

「ウホッホ探険隊」には、離婚後も思い惑う母親の心情が出てくる。「何度となく繰り返す問いが、また私を打った。これでよかったのだろうか。間違っていたのだとすれば、それではどうすればよかったのだろう。もう少し時間を待つべきだったのだろうか。もしあのままだったら、どうなっていたのだろう」と。

重大な人生の岐路に立ったとき、震えない人がいるだろうか。その戦《おのの》きのような思いは、その後もずっと消えることなく干刈にまとわり続け、離婚後六年を経た後に発表された「窓の下の天の川」でも、主人公はまだその言葉をつぶやき続けているのである。

そもそもこの作品は「わたし」の見る男たちの夢からはじまる。男たちがだれを指すかははっきりしないが、夢は転じて、大きな眼が自分を見ている場面になる。その眼は「わたしの痣をしっていて、それをわたしと一緒にかなしんでいるようなまなざし」だ。夢の中では男がだれなのかも、痣というのが何なのかもよくわかっているのに、眠りからさめるとそれは形をなくしてしまう。ただ、言葉ではいいあらわしにくい「あれだ、という感じ」だけがある。

干刈は、主人公が寝床でとりとめなく考えることを書きとめながら、両わき一行あきにして、「このごろ夢をよくみる」という一文を置く。そして、「リュージの夢はだんだんみなくなったが、みるときはいつも、切ない後悔のようなもので胸がいっぱいになって眼がさめる」と続けるのだ。

それは「りこんを後悔しているのではないが、いろいろな思いをさせてしまったという切なさ」だと。

自分の問題を作品に書きながら考える干刈は、いよいよその切なさの由って来る「おおもと」に向かってこぎ出そうとしたのではないか。

耳を澄ますと、自分を責める内部の声がどこからか聞こえてくるのだ。自分は真剣に考え、決断し、一生懸命生きてきたはずなのに、なぜその声は止まないのか——。

「わたしは今でも、なぜあのとき『本当にそれでいいの?』と言わなかったのだろう、と思うことがある」と干刈は書く。「もしわたしが、もう一言、そう言ってやれたら、彼も『そんなこと言ったって、お前が』と、何かを言うことができたかもしれないのに」と。

そして当時はうまく表現できなかったそのときの自分の気持ちを、正確にいいあらわそうとするのである。夫のいった一言は空白にしたままに。

石川真治が「　　　　　」と言ったとき、わたしはそれが、彼が本当に感じている気持を言い表しているコトバではないことを知っていた。彼の気持は、ためらいや、とまどいや、タカをくくる気持や、本気なのだろうかという怖れや、まさかという気持や、負けたくないという意地や、いろいろなものがあって、じっさいどうしたらよいのかわからず、何と言ったらよいのかわからなかったのだ。

けれどわたしは、発せられたそのコトバの、どうでもいい、勝手にしろという意味を、わざと額面通りに受け取ったのだった。

そうして自分が下した決断は果たして正しかったのだろうか。傲慢ではなかったのか。干刈は、自分の出した結論の是非を検証するかのように当時の気持ちを分析していく。

わたしは彼のその一言を、それまでの彼とわたしとの文脈の中に置いて読んだのだと思う。本当にそれでいいのかとわたしが一言聞くことが、何の役にも立たないことを。わたしがそうしたら、彼はそれでもう、いつものなし崩しの一角が崩れたことを感じ取り、何も変えないままにやっていくだろうと感じていたのだ。／でも、本当にそうだったろうか、と思うことがある。（略）

もしわたしが一歩譲歩したら、彼が一歩踏み出してくれると思えたら、わたしはそうしたと思う。でもわたしが退いた分、彼の位置は動かず、彼とわたしのあいだにはいろいろなものが差し挟まれる。その繰り返しだった。差し挟まれるものは、姑や舅や他人の家族観や通念や。

引用が長くなるが、もう少し語り手の思いに耳を傾けてみよう。

アパートを借りて、ここを出て三人で暮しましょうよ、とわたしが言う。彼は黙っている。「若いのに庭つきの家に住めていいですねえ」「佳子さん、真治は収入もいいんだから、あなたももう少しおしゃれしなさい」「隆治の幼稚園はF学園かK幼稚園にしたら?」それは離婚後もつづいた。わたしは、リュージが行きたいときには、いつでも父親に会いに行かせる約束を守った。リュージは彼の妻とも会うことになる。「佳子さん、あなたは偉いわね。でも、みず江さんにリュージを会わせて、平気でいられるの? あなたには、そういう冷たいところがあるから、真治も気持ちが離れたんじゃないかしら。でも、みず江さんはよくやってますよ。悪い人じゃないわ」

行き来させることはリュージという子がすでにいる親どうしとして、離婚するときに決めたことだ、と彼は母親に言わなかったのだろうか、と思いながらわたしは黙って電話を切った。

千刈は、「ウホッホ探険隊」では決して書かなかった恨み言のようなものを、思いきって記していくのである。

《たぶん、わたしさえあのままでよければ、もう一つの家に居つくこともなかっただろう。

俺はべつに、あれと一緒になろうなんて思っていないのに、と言ったのだから。わたしはあのとき、彼女と二人分、彼を憎んだ。》

《わたしはあれらの男とはじめてねたあと、どの男のときも、かならず涙を流した。涙がにじんできた。

なぜなのか、あの頃はわからなかった。今はわかる。（略）

どの男も、彼よりはあたたかく、やさしかったと。わたしは十五年間、どんな男よりも、あたたかくなく、やさしくない、と感じる男とねていたのだと。わたしは、そのあたたかさや、やさしさをしらないままに十五年間も過ごしていたことに、涙を流したのだと思う。あの頃は、そう意識はしなかったが、直感的に、そのときその場でこの男のあたたかさや、やさしさから、それを感じて、涙を流したのだと思う。》

三枝和子は「干刈あがたの思考方法」（『干刈あがたの世界5』）で、「干刈あがたの、この『家族』と『私』の関係が『樹下の家族』『ウホッホ探険隊』『ゆっくり東京女子マラソン』などという作品を通して初めて世に問われたとき、私たちはそのあまりの明るさに瞠目したのだった」と驚きの声をあげている。「離婚や、その後の子育てなどという重く暗い課題が、干刈あがたの展開する世界では溢れるユーモアと前向きな志向によって愉しく生き甲斐のあるものに変質させられていた。どれほど多くの女性が彼女の作品によって力づけられたことだろう」と。

干刈はそれらの作品を、前向きな志向で、ドロドロしたコールタールのようなものは底に沈めて書いた。たしかにそういう志向の作品の方が、読後感もいいし、はみだすものがないぶん完成度も高いのだ。

しかし、たしなみのある立派な態度のままでは、居住まいの正しい小説のままでは、ついに自分を責める声、切ない後悔のような思いから逃れられなかったということだろう。

もやもやとした気持ちが消えないのは、おおもとの自分の気持ちを表に出しきれていないからなのだ。嫁姑問題や閨房のことなど口にするのははしたないことだ。そんな矜持にも似た自縛が、コールタールのような自己の一部を隠蔽したままくすぶり続けていたともいえる。

その「隠蔽された自己」をきちんと表に出すことができたとき、それは「開示された自己」に繰り入れられ、解消できないままに乗り越えることができるのではないか。「書く」ということはたぶんそういうことなのだ。それが、さまざまな批評家や作家が「物足りない」「ニガリが足りない」と指摘した点でもあるのだろう。

干刈は、離婚を経験してはじめてわかったことがたくさんあると書いている。たしかに世の中は、時をかけて実際に生活してみなければ、ほんとうにはわからない事柄に満ちている。たとえば仕事の締め切りに追われ家に帰る暇のなかった夫の事情。生活費を稼ぐことのたいへんさ。他の異性に心が動いても配偶者への気持ちは別だという複雑さ。好き嫌いの識別はあるけれど嫌いでない人とはだれとでも寝られるという事実……。

かつては許せなかったことどもが、違う意味合いで見えてきて、千刈は夫と別れたあとに獲得した眼で「過去」をたどり直していく。

わたしが離れる気配を感じたり、何かを問いかけたりすると、彼はつなぎとめようとするように、答えるかわりのように、わたしを抱いた。わたしはその行為を翻訳できるような気がする。お前が必要だ、というコトバに。そして、その必要ということは、単に雑役婦としてや、リュージの母親としてや、長男の妻としてだけではなく、人間全体としてだと、感じていた。愛というコトバが漠然と指し示しているようなものも、まったく含んでいないわけではなかった。

けれど、それをセックスという行為で示すとき、わたしのなかで何かが壊れ、彼のなかで何かが膨張した。それが繰り返された。／

それも、うまく言えていない。／

たぶん人は笑うだろう。もう記憶も薄れるほど前に別れた夫のことを、夫は自分を必要としていた、などと言うなんて。

そして、やがて、「わたしの眼に涙がにじんできた。リュージをあの頃のままに、今の彼とわたしが、父親と母親として一緒にいてやれたなら。／でも、彼もわたしも、時間が流れなければ、今のようにはなれなかった」と書くのである。

かつて干刈は、エッセイ「離婚からの出発」で、近所の良妻賢母の見本のような六十代の婦人から、「あなたは本当に強いわねえ」としみじみ見つめられ、「いいえ、我慢強くないんです。でも、年とってから仲のよい老夫婦になれる見通しがあれば、我慢してやれたかもしれないんですが」と答えたときのエピソードを紹介している。すると婦人は、「我慢なんてなんにもならないわよ。やさしい言葉一つなくて、仕えてきて、私の一生は何だったのかと、老夫婦になって寂しさがつのるばかりですよ」とつぶやいたという（『女・離婚その後』85、ユック舎）。

離婚して見えたということは、そうしなければ見えなかったかもしれないということであろう。また夫との関係は、別れなければ変わらなかったかもしれない。

ここにきて、干刈はやっと「離婚」が自分の必然だったことを受け入れ、自分を責める声から自由になれたのではないか。

まるで自分の離婚の真の姿を差し出すかのように、干刈はこの作品ではじめて、届けを出す直前の主人公のようすを描いている。

日曜日の事務所街のがらんとした喫茶店で、彼が出ていった途端に、わたしの眼からとつぜん、涙がぽとぽとと流れ落ちた。わたしとわたしの保証人が先に署名捺印した離婚届を彼に渡し、彼と彼の保証人が署名捺印したものを、わたしの方から受け取りに行ったときだった。紅茶の中に涙がぽとぽとと落ちるのは、なんだか滑稽だった。わたしは涙を流しながら、唇では笑おうとした。

（略）人はそういう一枚の書類によってしか人のこころがわからないこともある。離婚を口にしても、口にしているだけの間は、ただの脅しとか、気を引いているとしか思われないことが多いように。

この場面を書いたとき、千刈ははじめて自分の決断を目の前に置くことができたにちがいない。作品の最後まで頑ななまでに空白にした言葉は、やがて「不能の男」との挿話から、「適当にやってよ」という七文字であるらしいことがわかる。「不能の男」はホテルの部屋で試してみてできないことがわかると、「実はね、二年前からだめなんだ。そうなってから何かふっ切れたようで爽やかだよ」といい、「わたし」の首を絞める真似をするのだ。

奥さんはあなたの体のこと、どう思っているの？　奥さんもふっ切れて爽やかで、もうそんなことは必要ないの？

適当にやってるんだろう、と彼は言った。

どういうこと？　適当にやるって。恋人が別にいるということ？

それならそれで人間的でいいと思うよ。彼女は自分からは要求してこないんだ。

ねえ、あなたは奥さんに「適当にやってよ」と言ったことはない？
あるかもしれないな。
それじゃ、奥さんはこどもを連れて家を出ることを考えているかもしれないわ。もし彼女が、それが適当だと思えばね。

この、〈七文字の言葉〉を含むシーンを作品の中に埋め込んだとき、わたしは、干刈の中で、墓の中まで持っていこうと思いつめていた自分の姿が客観視されたのだと思う。その瞬間、力みにも似たこだわりが溶け、理性で抑えていた怨みがましい気持ちが消えて、「隠蔽された自己」がすっと「開示された自己」に組み入れられたのではないか。

前にもふれた女子学生からのインタビューで、干刈は、「わたしは『夫婦だから』とか『永年いっしょにやってきたから』で済ませてしまう問題を、真正面から見てしまうことがあるのね」といった（「女子学生との対話」）。「どうでもいい」というニュアンスを持つ「適当にやってよ」という夫の言葉は、当時の干刈にとって、かけがえのない家庭と子どもの尊厳を土足で踏みにじる、このうえない侮辱の言葉として胸に突き刺さったのではないか。文章ひとつとっても何を漢字にして仮名にするかまで真剣に考える干刈にとって、言葉は魂を持ったものだったろう。その七文字の持つ毒で、彼女は自分の大切な子どもたちを穢したくなかったのではないか。まるでその言葉を冠したとたん、子どもたちが砂の像になって崩れてしまうかのように。作品の中に特定できるように埋め込みながらも、最後まで空白にしたのはそういう理由によるとわたしには思えるのだ。

けれども、とにかく干刈は、その一言を墓の中まで持って行くことなしに、作品の中に吐きだすことができた。それは夫の言葉へのわだかまりを、彼女なりに乗り越えたということだろう。

思えば干刈は、小説「裸」で、「そうです、わたしは浮気をした妻です」と苦しい告白をし、「黄色い髪」に続く「アンモナイトをさがしに行こう」で、「これが私の生き方だ、という生き方を私がしたんだから、真もこれが僕の生き方だ、という生き方をするのは当然だ」と息子に対する負い目を乗り越えた。そうして少しずつ「隠蔽された自己」を明らかにしてきたのだった。

この「窓の下の天の川」で、干刈は、二人の息子を「リュージ」という一人の息子に集約して、「ああ、なんだか晴れ晴れとした気持になってくる。／もうリュージは、まわりの誰にどんな意味づけをされても、誰にどんな期待をされても、彼自身で考えて行動するだろう」と子どもが一人でも生きていけるようになったことを主人公に仮託して祝福している。

離婚前後にかかわった男たちに関しても、「裸」を通して真正面から見据えたといえる。この「窓の下の天の川」では、男たちはすでに過ぎ去った影のようなものになっている。「不能の男とは三か月。腕の太い男とは十か月ほど。何度かねた男が数人。一度だけねた男が数人。それらをわたしは、二年たらずの間に経験してしまった。／最後にねた男のことだけが、ぽつりと一点、去年のことだ」と干刈は淡々と書く。そして、「りこんしてからの茫洋とした年月のなかで、その二年足らずのあいだだけに、痼りのようにいろいろな男とのことが凝縮されている。わたしはそのあいだに、女がりこんしたあとに経験するすべてのことを経験してしまったような気がする」と振り返るのだ。

自分を縛っていた鎖、結婚制度や性的規範・渇望という鎖を捨てなければ、干刈は自由になれなかったし、はじめられなかったのだ。「樹下の家族」で、「お願い、あなた、私をみて。私が欲しいのは、あなたなの」と作中の妻は叫んだ。もしその夫がよその女性の部屋に泊まり帰らない日が続いたら、その妻はどんな気持ちになったろう。いいようのない孤独感にとらわれはしなかったか。

わたしは干刈の離婚後の男たちのことを思うとき、彼女の愛読した作家・坂口安吾の「我が人生観」の一節を思い浮かべないではいられない。「最後のギリギリのところで、孤独感と好色が、ただ二つだけ残されて、めざましく併存するということは、人間の孤独感というものが、人間を嫌うことからこずに、人間を愛することから由来していることを語ってくれているように思う。人間を愛すな、といったって、そうはいかない。どの人間かも分らない。たぶん、そうではなくて、ただ人間というものを愛し、そこから離れることのできないのが人間なのではあるまいか」と安吾はその深奥に迫るのだ。

胸の奥底に沈んでいるさまざまな思い、それを書くことによって表に浮上させた干刈は、押さえつけていたものをすっかり吐きだすことによって、ようやく自分の核のようなものに出会ったのではないか。

これ以後、干刈の作品からは自己をえぐる色彩が影をひそめ、青梅での小学生時代を描いた「野菊とバイエル」のように、時間の流れに沿った従来の小説のかたちで過去を蘇らせた小説や、探偵事務所の女性調査員の話「もう一つ」(『海燕』90・4)のように、完全なフィクションの客観小説へと移行していく。

病に倒れたのは、これからどんな世界がひらけていくのか、新しい光が射してきたまさにそのときである。

以下は、作家・干刈あがたの余命とのたたかいを、彼女のまわりにいた人々の証言をまじえて見ていこうと思う。

「窓の下の天の川」を発表した翌年の一九九〇年三月下旬、四十七歳になった干刈は、急激にやせた彼女を心配した編集者らの計らいで精密検査を受けることになった。

予約した新宿の三越診療所へ行くと、胃カメラ検査をした医師に、即その場で「薬で治療できるか手術が必要かギリギリくらいの、かなり大きな潰瘍があります。前癌性の疑いもあるので、入院手術できる病院を紹介しますからすぐそちらへ行って下さい」といわれ、干刈は友人の毛利悦子に「来てくれる? 前癌症状があるって」と電話している。

すぐに診療所に駆けつけた毛利によると、紺のレインコートを着て待合室にすわっていて、その姿がとても心細げに小さく見えたという。検査のため前日から食事をしていなかった干刈が、目黒でラーメンを食べたいというので、彼女の好きな武蔵小山の商店街へ行き、二人でゆっくり歩いてとりとめのない話をした。

毛利は干刈の作品の中にたびたび登場する「親友」のモデルだが、同じく干刈の高校時代からの友人である佐藤緑は、「干刈あがたと毛利悦子」と題して次のように書いている。

干刈あがたが闘病生活をおくった代々木の病院へ「毎日、顔を見ないと落ち着かないの」と、通いつづけ、励まし続けた毛利悦子さん。他人に甘えることが下手だった干刈あがたが心から信頼し、唯一甘えることが出来た親友が毛利悦子さんだったと思います。

（ホームページ『干刈あがた資料館』）

この検査からの一週間、紹介された病院へ手術前の検査を受けに行くだけで精一杯の干刈にかわって、毛利ら友人たちが連絡を取り合って入院に必要なものの準備をしたり、おろおろする彼女の母をフォローしたりしているが、干刈は、高校生の次男に「万一のことがあっても、遺産はありませんから」と宣言して、「んじゃあ、もう少し長生きして、ヒット曲を書いてから死んでよ」と返されたとエッセイに記すユーモアを忘れていない（「菊地信義さんと〈ピンク色〉と私の関係」『どこかヘンな三角関係』）。

四月、代々木にある東海大学医学部付属東京病院に入院した干刈は、五月に手術を受け、胃の五分の四を切除している。四十日間の入院生活で、手術後十七日目に退院。

その後は順調に回復して、八月には高校時代からの仲良しグループと一緒に、長野飯綱高原の友人の別荘に二泊三日で静養に行っている。

「干刈あがたコスモス会」保存の資料が公開された日、わたしはこのときの写真を見ることができたが、以前よりやせてはいるものの、スカーフで帽子風に髪を包んだ干刈が、友人たちとともに落ち着いた表情でカメラに目をむけていたのが印象に残っている。

このとき、干刈はあるドキュメンタリーに遭遇している。エッセイ「井上光晴さんと〈縫い目〉と私の関係」(『どこかヘンな三角関係』)によると、「静養先の友人の別荘で、友人のつくってくれたスープをただ美味しがって飲めばよい、という贅沢な朝食をとっていたら、聞いたことのある声がテレビの方から流れてきた」というのである。見ると、画面に、前年S字結腸癌の手術をして、術後も文学伝習所の仕事を続けている井上光晴が映っている。彼は手術痕もテレビカメラに晒していたが、干刈の腹部の縫い目とほとんど同じで、彼女は引き寄せられるように見た。

前にも引用したが、井上は、干刈が読み返すたびにドキッとして立ち止まったという次の一節を書いた作家である。

いいたいのは、漠然と小説家を志望してそれで作家になったわけじゃない、ということです。ぎりぎりの状況を転化したり前に進んだりするために、小説を書くしかなかった。物語の原点はそこにこそ存在する。

それほど心に響いた作家が、これから養生しようとしている矢先に、自分と同じ腹部の傷を見せているのである。二年前の海燕新人賞の授賞パーティで井上に会ったとき、第一回受賞者として彼から心強い評価の言葉をかけてもらったことも思い出し、干刈はここでもまた、自分が呼ばれたような不思議なめぐり合わせを感じたのではないか。

彼女は、「それにしても、井上さんの気迫と、へたりこんでいる私との、なんという違い」と嘆声を放って、「井上さんは点滴を受けながらもあんなに頑張っているのだから、悪いところは取ってしまってあとは食養生をすればよいと言われている私は、仕事はともかく、自分の体と心は自分で立て直していかなければと思った」と心に刻みつけるように記している。

同時期に闘病することになるこの井上光晴の生きざまは、折りにふれよみがえって、その後の干刈が病気と向き合っていくうえで、灯火のように行く手を照らしてくれたのではないか——。

しかし、これを書いたわずか十日後の九月、干刈は手術の後遺症による癒着のため腸閉塞になり、今度は腸の一部を切除しなければならなくなった。

この二度目の手術を経た一九九〇年暮れ、エッセイ集『どこかヘンな三角関係』の「あとがき」に、干刈は、「周囲では、入院中に親しくなった人の何人かが亡くなりました。退院後も電話で励まし合っていた人から、ぱったり電話がかかってこなくなり、やがて死を知らされる。そこからは、なんだか寒いような、さびしい風が吹いてくるようです。生きている者同士が〈つながり〉をもっているということは、あたたかいことなのだと知りました。人を恃み人に恃まれて生きることの、らくさ、しんどさ、楽しさ、やりきれなさ、しょうもなさ、それらすべてが豊かさ、恵みと感じられる今日このごろです」と心情をつづっている。

痛みや苦しみに耐えてじっと自分の内面を見つめるとき、心の奥行きはより深まっていっただろう。先のエッセイで、干刈は、「病気は、心や体のもろさを教えてくれるが、また、それを支えてくれる人の有難さも教えてくれる。そしてまた、病気は、生命のしぶとさも教えてくれる。岩に水がしみて、少しずつ水滴がたまっていくように、少しずつ、ほんの少しずつ、胃のあたりにエネルギーがたまっていくのを、今、私は感じている」と書いているが、そうした感覚とともに、記憶もまた干刈の中で通常より深く呼び覚まされていったのではないか。

青梅での小学生時代を描いた「櫛とリボン」(『青春と読書』90・9～91・9。のちに「野菊とバイエル」と改題)は、この自宅での療養の時期に書かれている。単行本化に際してそえられた「あとがき」には、「『野菊とバイエル』を書いているあいだ、私は私の子供時代のまわりにあった花々や山や川を思い出し、とても幸せな気持でした」とあるから、深く記憶を掘り起こしながら、徐々にからだを回復させていったと思われる。

五月、六月には体調がよくなり、干刈は得意の裁縫で母や妹や友人たちにワンピースを作り、

清里高原飯盛山にて・昭和37年夏（右端が干刈）

ベルトとイヤリングをつけてプレゼントし、感謝の気持ちを伝えている。

この論では干刈の生きた軌跡をたどるために、父母や夫、子どもを中心に見てきたが、彼女の文学、生涯を語るためには女友だちの存在を欠かすことはできない。たとえば「しずかにわたすこがねのゆびわ」に出てくる女たちの声は、現実の干刈の女友だちの声の結集といっていいだろう。その個々の声は、干刈と直接関係のない女たちの声にも重なって、私たち読者の胸に響き、女たちを連帯へといざなう力を持っている。

雑誌『女性教養』（88・2）に、干刈は、「私が今とても大切だと思うことは、『継承』ということ。先を歩んだ人から何かを受け継ぎ、あとから来る人に何を伝えていくかということ。タテのつながりだけではない。今という同じ時代に共に生き、それぞれの場所で考えたり行動している人が、響き合っていくことも継承だと思う。男の仕事はともすると競い合いになりがちだが、女たちの仕事は小さくても、継承によってより大きな力になっていけると思う」と書いている。干刈はその意味で確かな仕事をこの世に残したといえるだろう。

干刈の担当編集者だった大槻慎二も、彼女の果たした役割を最上級に評価している。「十三回忌を迎えるいま、これだけは言っておきたいと思う。戦後文学（＝近代文学）の終焉と現在の文学との間にある深い淵に女性のサイドから独自の橋を架ける可能性をもっていた小説家は、干刈あがたを措いてほかなかった。／そしてその穴を埋める仕事は、まだない」（「赤い木馬」『干刈あがたの文学世界』）と。

話が脇道にそれたが、この小康を得ている時期に、干刈は、作品集『名残りのコスモス』（92、河出書房新社）にまとめられる小説七編を書いている（都民生協『あしたへ』91・4～12）。いずれも四〇〇字詰め原稿用紙にして六～七枚の掌編だが、これらを執筆している間に、癌は再発し、ひっそりと進行していった。

八月には体重が三〇キロ以下に落ち、十一月に干刈は三度目の入院をし、大腸のバイパス手術を受けた。

それからは、『野菊とバイエル』の「あとがき」と、前から約束のあった掌編「レバー・ストーン」（『こ・お・ぷ』92・6、コープとうきょう）、エッセイ「巨大な花束」（『すばる』92・7）の三つの文章しか発表していない。

「レバー・ストーン」は、外国人と文通する祖母のために英語の手紙を代筆する孫の話で、「胆石」をどう訳したらいいか困る顛末を、明るい筆致で描いた掌編である。入院生活のようすを描いたエッセイ「巨大な花束」にもいえることだが、病気のつらさはみじんも感じさせない軽やかさだ。

この掌編が書きあがったとき、コピーをとって出版社に送ることを頼まれた毛利悦子は、励ますつもりで、「書けてよかったわね。これからもどんどんここで書けば」と声をかけたという。すると干刈はいつになく激しい口調で、「何をいってるの。こんなところで書いても何にもならない。原稿用紙をピチッとそろえて、きちんと重ねて、ちゃんと机に向かって書かなくては」と気色ばんだそうだ。

医師は病室で仕事をしてもいいといっていたが、干刈は自宅で落ち着いて書ける日を夢見て、入院中はひたすら体を治そうという感じだったという。

ユック舎代表の岩崎悦子も、干刈が死の三か月前、「『ウホッホ探険隊』のその後だけは書きたい」ともらしたのを聞いている。集英社編集者の村田登志江も、「干刈さんは最後まで病気を治して書こうとしていました、最後まで」と、十七回忌の講演で声をつまらせていた。

病院側との交渉は、四歳上の兄が受け持っており、彼はそんな妹を見て、癌の告知はしないことを選んだ。当時は本人には知らせないのが一般的でもあったのだが、毛利は前々から、「癌だったら絶対に教えてね」と干刈に頼まれていて、いつかいわなければ、とその狭間に立って非常に悩んだという。作家である干刈なら、命の刻限を知って書き残したいこともあるだろう。そう思い、決心して何度か告げようとしたが、そのたびに干刈が話をはぐらかすのに気づき、それきり口にするのはやめた。

聡明な干刈が自分の病名を悟らないはずはなかったと思うが、最後まで希望だけは残しておきたかったのかもしれない。あるいは、家族に病名を知っている自分と向き合うつらさを味わわせたくなかったのかもしれない、と毛利はわたしに語ってくれた。

闘病というのは、最終的には自分の心と向き合う、とても孤独な作業なのだろうと思う。

干刈はまわりの人たちになるべく迷惑をかけまいとして、痛みや愚痴を口に出すことはほとんどなく、かえっていたわる態度を見せた。

ユック舎の岩崎悦子は、『コスモス通信』2号に、この頃のいかにも干刈らしいエピソードを披露している。

> ある時、干刈さんは、国民健康保険なので、入院費が大変なことを知り、私は、僭越ながらも、名目上、彼女にユック舎の社員になったらどうかと、提案したことがある。すると彼女は、文芸協会の会員になるように、推薦状を書いてくれる人もいて、会員になれば、その社会保険が利用できるけど、自分はそれもしたくないと言うのだった。／（略）いくら「いつか私に、宣伝しなくてもある程度の本が売れるくらいの力がついたら、ユック舎から本を出したい」という著者がいたとしても、実際に本を出すとなると、ユック舎のような零細出版

社から本を出してくれる人はほとんどいないだろう中で、そもそも、彼女はそれを実行に移してくれたのだ。いつも彼女からの好意を受けていた私のせめてものお返しの意味をこめての提案だったが、千刈さんは、彼女らしい律儀さで、辞退した。（「黒いコートと健康保険証」）

はじめての手術のとき、高額な差額ベッドと大部屋しか空いていないと知らされた千刈は、「（え⁉　一日五万八千円ですか？　そんな部屋に入ったら、病気が治っても、退院してから死ぬほど働かなくちゃなりませんから）大部屋にして下さい」と答えたとユーモアをまじえてエッセイに書いている（「菊地信義さんと〈ピンク色〉と私の関係」『どこかヘンな三角関係』）。

三度目の手術のときは、「アメリカに短期留学しようと思って貯めていたお金があるから、その分だけ個室に入ろうかしら。少しはぜいたくしてもいいわよね」と毛利に話し、その後、仕事用にと購入したマンションを手放し、その手続きもすべて自分でしている。

万事にわたって千刈は優等生の入院患者だったが、毛利に、担当医師に異動があることの不満をもらすことがあった。最初からの医師は一緒に頑張って治そうという人間的共感を示してくれるが、その過程を知らずに来た医師は、はじめから半分死んだ人間を見るように見放している。まるで「もの」を見るようで、それがとてもかなしいと。

この頃、万一のことを考えた兄は、千刈の病状を子どもたちの父である浅井潔に伝えることにし、その役を長男・聡と毛利に託した。再婚した妻が亡くなった翌年、再々婚していた浅井の自宅を二人が訪ねると、もっと早く知らせてくれればよかったのにとつぶやいたという。

数日後、毛利が病室に入ると、「ねえ、これだれが贈ってくれたと思う?」と千刈がいたずらっ子のような顔で立派な花束を指さした。野草のような可憐な花を集めた非常にセンスのいい花束に、毛利が首をかしげると、うれしそうに元夫の呼び名をあげた。「そうはいわなかったけれど、彼女は彼をずっと好きだったのよ」と毛利はいう。

浅井氏は見舞いにも訪れ、ちょうど居合わせた毛利は席をはずした。しばらくして、「毛利さんも一緒にといっています」と彼が呼びにきたので、病室に戻り、ベッド脇に椅子を並べてしばらく三人で話をした。千刈は、「今、いろんなことをお願いしたの。子どもたちのこれからのこと、家のこと。安心したわ」と安堵の表情を浮かべた。

花束は、以後、毎月送られてきたが、六人部屋の限られたスペースでは置く場所がなく、千刈はのちに丁重に礼を述べて断っている。見舞客も、狭いスペースでは他の患者の迷惑になるのでほとんど断り、千刈の病室にはごく親しい人たちだけが訪れるようになった。

毛利によれば、母親はほとんど毎日病室に通ってきたし、銀行関係や家計の支払いなどを担当していた次男は、郵便物を届けにきて学校の報告などをする。長男が見舞いにきたときは、ほんとうにうれしそうに話していたという。兄や妹はもちろん、親しい編集者や高校時代の友だちも、病院での洗濯をしたり、買い物、日用品の差し入れ、郵便物の投函、コピーなどいろいろなサポートをした。

確執のあった沖永良部島に帰った父からも手紙と見舞金が届いていたのを、毛利は遺品を見て知ったという。干刈が子ども時代を思い出して書いた「野菊とバイエル」には、主人公が父の影に怯えるようすが何か所か出てくるが、その色合いは他の作品に比べずっと淡く懐かしい色合いを帯びていたから、干刈の中ですでに「和解」はすんでいたのだろう。

ときおり意識が遠のくようになった最後の一週間、家族の看病を補うように、昼間のほとんどを毛利は干刈と過ごした。その頃には二人の間に暗黙の了解ができていて、死期が近いことを前提にして話をしたという。「体を壊してしまったけれど『黄色い髪』が残ってよかった」と干刈が静かにいったのは、これよりひと月前である。

おそらくは母や兄や妹、息子たちともさりげなく別れの言葉がかわされていただろう。親孝行もしないうちに母親に死なれる息子たちの心を思うとき、不憫さはいかばかりだったか。入院してから一度も外へ出られず、病院の時間が自分とは無関係に過ぎていく孤独感。死に対する不安や恐怖。まだ書きたいものがあるのに中途で終わる無念さ。家族やその他の人々との別れ。現実に襲われるからだの痛み……。

まわりの人たちの愛情につつまれてはいたが、心の中には不本意な思いも抑えきれないほど積もっていたろう。

意識がなくなる前日、干刈は回診にきた主治医に、力をふりしぼって訴えたという。

自分は自分の病状がどんな段階にあるかを知らされないまま、つらい治療を受けてきた。病気に対する疑問や不安に答え、悩みを聞き、精神的な問題を時間をかけて話し合ってくれる専門家がもし周囲にいたら、自分はどんなに救われたことか。これは自分一人だけの問題ではない。他の同じように苦しんでいる病人のためにも何とかしてやるシステムはないのか。自分はほんとうにつらかった、と。

医師は一瞬たじろいだふうだったが、結局その場では答えはかえってこなかった。そばで聞いていた毛利は、千刈がきびしい状況の中で、強い問題意識を持って病と闘っていたのだと知り、あらためて畏敬の念を覚えたという。

現在でも充分に整っているとはいえない「終末医療」の必要について、千刈は病床でずっと考えていたのだ。もし病気から回復したら、今度はその問題を深め、きっと病人やその家族の苦しみに響きあう、心に届く作品を書いたことだろう。いやもう胸のうちには言葉があふれていたかもしれない。

一九九二年九月六日、千刈の意識が遠のく時間が長くなり、看護師の見回りが足繁くなった。毛利は夕方帰宅してから「今夜は病院に泊まりたい」と夫に訴えたが、「ここまでだよ、あとはご家族に任せなさい」と諭されたという。

最期は、千刈がこの世でもっとも愛した二人の息子と妹に見守られて、彼女はこの世を去った。四十九歳だった。

まだまだ書きたいことはあったにしても、自分の人生のすべての局面を書き終えた静かな死だった。

千刈が渾身の力を込めて、女性たちがそれぞれに悩み、苦しむ姿を描いた作品に、こんな一節がある。タイトルの「しずかにわたすこがねのゆびわ」とは、子どもたちが輪になってハンカチなどを後ろ手にまわしていき、鬼がだれが持っているかを当てる遊びである。

しずかにわたすこがねのゆびわ、って何かしら。
このごろ、そのことを考えているのよ。
しばらくしてから、百合子が言った。
苦しみのことではないかしら。
誰にでも、いつか、こがねのゆびわが回ってくる。
そして、鬼になる。
ぎりぎりの自分の姿になる、ということかしら。
そして、それを乗り越えた時、本当の自分に出会える。
そんなふうに感じるわ。

千刈は、自分の苦しみを見据え、書くことで、「本当の自分」に出会ったのだといえる。

「自己は人生の目標である」とユングはいう。「どんな活動においても、行為者がまず最初に意図することは、自分の姿を明らかにすることである」とダンテもいう。「実地上真の善とはただ一つあるのみである、即ち真の自己を知るというに尽きて居る」。そう西田幾多郎も『善の研究』の最後に書いた。古今東西あらゆる人が、わたしとは何かを考えてきたのだ。

とすれば、千刈は人生最大の目標を遂げたことになる。

そして千刈は個ではとどまらなかった。自分は天の川のような大きな流れの中の一点にすぎない。そんな徹底した自覚があったからこそ、自身の人生を物語ることによって、周囲のものすべてに永遠の命を与えたのだ。

そこでは、苦労して生きた父も母も、兄や妹も、愛する人のために子どもをあきらめた女友だちも、父母の別れを経験しなければならなかった息子たちも、すべて時代の空気をまとい土地に根づいて生きている。

かつて、千刈は、父母の故郷の島にふれて、もし私が島に生まれていれば、私は母方のもっとも年長の娘であるから、一家の女神として祖母の骨を洗う儀式を司ることができたのに、と書いた。私は遅れて生まれてきた祝女《のろ》なのではないだろうか。あの島は、私が日常生活を離れて聖劇を演じる舞台だったのではないだろうか、と。

千刈は現代の祝女として、自分自身の物語だけではなく、父や母や周囲の人間たちの物語を、いやそれをも超えて、あらゆる女たちの物語を司ったのだといえないか。

青梅市・宗建寺にある干刈あがたの墓

作品の向こうに、内気な大人しい少女が、ひとつひとつ殻を打ちやぶって大人の女性に成長していった姿が見える。大人になった少女は勇気をもって自分の内部に切り込み、ついに真の自己を探りあてて、それがすべての女性に通じる姿なのだと声をあげたのだ。

先を歩んだ人の声に耳をすませ、そこに自分の声を重ねて、あとから来る人の孤独な耳に響くように、と。

今、干刈は多摩川の瀬音が風で運ばれてくる青梅・宗建寺《そうけんじ》の墓に、幼くして逝った次兄や母とともに眠っている。

参考文献

雑誌・新聞掲載のもの

佐多稲子・小島信夫・阿部昭・飯島耕一・木下順二「第一回海燕新人文学賞選評」(『海燕』82・11)
河野多恵子「文芸時評」(『朝日新聞』83・1・25)
柘植光彦「樹下の家族」(『日本読書新聞』83・12・19)
川村湊「樹下の家族」(『群像』84・1)
丸谷才一・中村光夫・吉行淳之介・大江健三郎・遠藤周作・丹羽文雄・安岡章太郎・開高健「第90回芥川賞選評」(『文藝春秋』84・3)
井坂洋子「ウホッホ探険隊」(『日本読書新聞』84・4・2)
宮川健郎「ウホッホ探険隊」(『図書新聞』84・4・7)
芹沢俊介「ウホッホ探険隊」(『週刊読書人』84・4・23)
山崎正和「文芸時評」(『朝日新聞』84・8・29)
安岡章太郎・吉行淳之介・丹羽文雄・丸谷才一・三浦哲郎・大江健三郎・遠藤周作・中村光夫「第91回芥川賞選評」(『文藝春秋』84・9)
菅野昭正・岡松和夫・立松和平「創作合評・幾何学街の四日月」(『群像』84・9)
竹岡準之助「ゆっくり東京女子マラソン」(『婦人公論』84・11)
やまだ紫「ゆっくり東京女子マラソン」(『日本読書新聞』84・11・5)
長谷川哲「ゆっくり東京女子マラソン」(『日本読書新聞』84・11・12)
「女子学生との対話」(『ほんだな48』84・11・30)

磯田光一「ワンルーム」(『海燕』85・10)
竹田青嗣「ワンルーム」(『すばる』85・10)
匿名「しずかにわたすこがねのゆびわ」(『毎日新聞』86・2・10)
鎌田敏夫「しずかにわたすこがねのゆびわ」(『週刊文春』86・2・13)
川村湊「しずかにわたすこがねのゆびわ」(『海燕』86・3)
饗庭孝男「しずかにわたすこがねのゆびわ」(『図書新聞』86・3・1)
勝又浩「しずかにわたすこがねのゆびわ」(『文學界』86・4)
佐伯彰一・岡松和夫・青野聡「創作合評・ホーム・パーティー」(『群像』86・10)
秋山駿「しずかにわたすこがねのゆびわ」(『週刊朝日』86・12・5)
富岡幸一郎「干刈あがた論―母性の偏差」(『文藝』86・12)
秋山駿・磯田光一・川村二郎・佐伯彰一・高橋英夫「野間文芸新入賞選評」(『群像』87・1)
今泉文子「おんなコドモの風景」(『週刊サンケイ』87・3・12)
久田恵「ビッグ・フットの大きな靴」(『週刊読書人』87・3・16)
黒井千次「ホーム・パーティー」(『波』87・4)
匿名「ホーム・パーティー」(『朝日新聞』87・5・3)
岩橋邦枝「空間感覚の把握」(『新潮』87・6)
岡松和夫「ホーム・パーティー」(『海燕』87・6)
鈴木貞美「ホーム・パーティー」(『産経新聞』87・6・8)
清水邦行「ホーム・パーティー」(『婦人公論』87・7)
匿名「ホーム・パーティー」(『東京人』87・7)
後藤明生・鈴木貞美「対談時評・ビッグ・フットの大きな靴」(『文學界』87・10)

沢地久枝「黄色い髪」(『朝日新聞』88・1・11)
福田宏年「黄色い髪」(『東京新聞』88・1・18)
匿名「黄色い髪」(『毎日新聞』88・1・18)
門野晴子「黄色い髪」(『週刊読書人』88・2・8)
菊田均「黄色い髪」(『朝日ジャーナル』88・2・19)
佐江衆一「黄色い髪」(『波』88・2)
黒古一夫「黄色い髪」(『文学時標16』88・2・10)
吉住侑子「黄色い髪」(『図書新聞』88・3・5)
荒このみ「黄色い髪」(『中央公論』88・3)
インタビュー(『新しい家庭科We』88・4)
インタビュー(『中学教育』88・5)
インタビュー(『思想の科学』88・7)
森絹江「40代はややこ思惟いそが恣意」(『図書新聞』88・6・25)
茅野礼子「40代はややこ思惟いそが恣意」(『週刊読書人』88・9・5)
「対談　干刈あがた×吉本ばなな」(『新刊ニュース』88・11)
小林広一「80年代アメリカ女性作家短篇選」(『産経新聞』89・6・13)
常盤新平「80年代アメリカ女性作家短篇選」(『朝日新聞』89・6・18)
小沢瑞穂「80年代アメリカ女性作家短篇選」(『新潮』89・6)
中野翠「80年代アメリカ女性作家短篇選」(『文學界』89・7)
島弘之「アンモナイトをさがしに行こう」(『日本経済新聞』89・9・17)
まきのえり「アンモナイトをさがしに行こう」(『図書新聞』89・9・23)

富岡幸一郎「アンモナイトをさがしに行こう」(『週刊現代』89・9・23)
やまだ紫「アンモナイトをさがしに行こう」(『週刊読書人』89・10・9)
井坂洋子「アンモナイトをさがしに行こう」(『サンデー毎日』89・10・15)
三枝和子「アンモナイトをさがしに行こう」(『群像』89・10)
竹田青嗣「アンモナイトをさがしに行こう」(『海燕』89・10)
秋山駿・岡松和夫・井口時男「創作合評・窓の下の天の川」(『群像』89・10)
みやづくゆう「アンモナイトをさがしに行こう」(『婦人公論』89・11)
匿名「窓の下の天の川」(『読売新聞』90・1・8)
井坂洋子「窓の下の天の川」(『週刊読書人』90・1・22)
上野瞭「窓の下の天の川」(『新潮』90・2)
後藤明生・三枝和子・三浦雅士「創作合評・もう一つ」(『群像』90・5)
石村博子「ウォークinチャコールグレイ」(『サンデー毎日』90・7・8)
勝又浩「ウォークinチャコールグレイ」(『群像』90・8)
川村湊「ウォークinチャコールグレイ」(『文學界』90・8)
川村和子「ホーム・パーティー」(『暮しの手帖』91・30号)
橋詰静子「女性作家の新流」(『国文学解釈と鑑賞』別冊91・5)
佐伯一麦「ラスト・シーン」(『波』92・2)
斎藤慎爾「野菊とバイエル」(『出版ニュース』92・8上旬号)
高野庸一「野菊とバイエル」(『すばる』92・9)
井坂洋子「目分の悲鳴をつきとめる『じぶん』」(『文藝』92・11)
川本三郎「干刈あがたのけなげさ」(『新潮』92・11)

安西水丸「弔辞」(『すばる』92・11)
道浦母都子「視線―悼干刈あがたさん」(『すばる』92・11)
吉本ばなな「干刈あがたさんのこと」(『海燕』92・11)
高樹のぶ子「扉のむこう」(『海燕』92・11)
三枝和子「急ぎ過ぎた死」(『海燕』92・11)
永瀬清子「さきに行ってしまっては困るわ　干刈あがたさん」(『海燕』92・11)
松本健一「都市の民俗学者のように―干刈あがたさんを送る」(『海燕』92・11)
小島信夫「『樹下の家族』をめぐる思い出」(『海燕』92・11)
川上蓉子「野菊とバイエル」(『教育』93・2)
安西水丸「『ゆっくり東京女子マラソン』を読んで」(『海燕』93・11)
中沢けい「過去を記憶する長女の眼」(『週刊読書人』98・10・16)
金井景子「彼女なら、どう考えるだろう?―干刈あがたの試みと没後の歳月」(『図書新聞』98・11・28)
野中柊「変わりゆくもの。変わらないもの。」(『すばる』98・12)
島田雅彦「ある文化おばさんの話」(『一冊の本』朝日新聞社00・3)
佐伯一麦「コスモス忌のこと」(『一冊の本』朝日新聞社00・3)
竹野雅人「ポスターの記憶」(『一冊の本』朝日新聞社00・3)
田場美津子「千年の惰眠を」(『一冊の本』朝日新聞社00・3)
与那覇恵子「末末をみつめるまなざし」(『一冊の本』朝日新聞社00・3)
対談・野中柊×角田光代「時代のキズ、世代のいたみ」(『一冊の本』朝日新聞社00・3)
「干刈あがたさん十三回忌／遺品の島唄資料に思う」(『読売新聞』夕刊、04・9・6)

単行本（一部所収論文及び文庫本解説を含む）

川本三郎「解説」『ウホッホ探険隊』（福武文庫85・11）
磯田光一「解説―ヤマトナデシコの幻覚」『ゆっくり東京女子マラソン』（福武文庫86・1）
海老坂武『シングル・ライフ』（中央公論社86・5）
吉原幸子「解説―干刈あがたさんへの手紙」『樹下の家族／島唄』（福武文庫86・9）
ヤンソン由実子「解説」『ワンルーム』（福武文庫88・3）
「プラネタリウム―干刈あがた」梅田卓夫編『高校生のための小説案内』（筑摩書房88・4）
黒川創「解説」『しずかにわたすこがねのゆびわ』（福武文庫88・9）
尾形明子「干刈あがた『ウホッホ探険隊』の私」『現代文学の女たち』（ドメス出版88・10）
吉本隆明「走行論」『ハイ・イメージ論Ⅰ』（福武書店89・4）
椎名誠『対談集・ホネのような話』（東京書籍89・8）
上野瞭「解説」『黄色い髪』（朝日文庫89・9）
アルバート・ノヴィック「解説」『ホーム・パーティー』（新潮文庫90・4）
黒古一夫『村上春樹と同時代の文学』（河合出版90・10）
インタビュー集『異議あり！　現代文学』（河合出版91・3）
泉麻人「解説―懐中電灯とネスカフェ」『十一歳の自転車』（集英社文庫91・7）
天野祐吉『天野祐吉の話半分・後半分』（人文書院91・12）
群ようこ「解説」『借りたハンカチ』（集英社文庫92・8）
道浦母都子「解説」『ウォークinチャコールグレイ』（講談社文庫93・4）
落合恵子「解説」『アンモナイトをさがしに行こう』（福武文庫95・6）

天野正子「中年期の創造力―干刈あがたの世界から」井上俊他編『ライフコースの社会学』（岩波書店96・3）
斎藤慎爾「解説」『野菊とバイエル』（集英社文庫97・1）
近藤裕子「作家ガイド」（『角川　女性作家シリーズ20』97・10）
与那覇恵子「現代文学にみる〈家族〉のかたち」ヒラリア・ゴスマン他編『メディアがつくるジェンダー』（新曜社98・2）
加藤登紀子「解説」『ウホッホ探険隊』（朝日文庫00・2）
野中柊「解説」『樹下の家族』（朝日文庫00・4）
芹沢俊介「解説」『ゆっくり東京女子マラソン』（朝日文庫00・6）
川西政明「女性の世紀（四）自立と喪失」『昭和文学史下巻』（講談社01・11）
江刺昭子「干刈あがたの「カクメイ」とは？」加納実紀代編『リブという〈革命〉』（インパクト出版会03・12）

干刈あがたコスモス会編集のもの

『コスモス・ノート』試作版、1～4号
『コスモス会通信』0～13号
ホームページ「干刈あがた資料館」
『干刈あがたの文学世界』（鼎書房04・9）

その他

『永峯誌』（発行者・池田池秀56）

『奄美名鑑』（奄美社72）
柳納富「島の歴史について①」（『月刊　沖州』23号、沖州印刷75・10）
梶原源齋『沖永良部で塾を開いた遠島人　紀平右衛門』（私家版）
前利潔「『入江の宴』の背景」（沖永良部郷土研究会会報『えらぶせりよさ』34号）
川上忠志「沖永良部島の文学散歩『名作の舞台裏』」（沖永良部郷土研究会会報『えらぶせりよさ』30号）
先田光演『沖永良部島の言語文化』（私家版88・10）
ボーヴォワール『女ざかり』（紀伊国屋書店63・5、朝吹登水子・二宮フサ訳）
ボーヴォワール『第二の性』ボーヴォワール著作集6（人文書院66・11、生島遼一訳）
ボーヴォワール述『第二の性その後——ボーヴォワール対談集一九七二〜八二』（青山館85・6、福井美津子訳）
永瀬清子『永瀬清子詩集』（思潮社90・2）
河合隼雄『母性社会日本の病理』（講談社＋α文庫97・9）
調査研究会著『ドメスティック・バイオレンス——夫（妻）からの暴力』（有斐閣選書98・3）
ドメスティック・バイオレンス国際比較研究会編『夫・恋人からの暴力——国境のない問題・日本と各国のとりくみ』（教育資料出版会00・5）
原田英理子・柴田弘子編著『ドメスティック・バイオレンス　女性150人の証言——痛み・葛藤そして自由へ』（明石書店03・1）
奥田暁子・秋山洋子・支倉壽子編著『概説　フェミニズム思想史』（ミネルヴァ書房03・3）
井上輝子・上野千鶴子・江原由美子編『リブとフェミニズム』（岩波書店09・5）

あとがき

はじめて「干刈あがた」という作家に出会ったのは、一九八三年、今から四半世紀以上も前のことである。当時のわたしは文学好きの主婦で、芥川賞の候補作が発表されると、全作を読み当選作を予想するのを楽しみにしていた。

その年の下半期、わたしが候補作中もっとも惹かれ、当選作と思ったのが、彼女の「ウホッホ探険隊」だった。残念ながら受賞は逃したが、深刻な問題を軽妙なタッチで描き、前向きな姿勢をくずさない作風には、さわやかな風が吹き抜けるような魅力があった。

以来、わたしは「干刈あがた」の名前を見かけるたびに作品を読むようになった。年齢はわたしの方が十一歳ほど下だったが、子育て中の主婦としての思いは驚くほど共通していて、自分でも気づかなかったもやもやした感情にかたちが与えられる気がしたのである。

だが作品を読むだけで、作者の実人生に興味を持つわけではなかったわたしは、彼女がどのような育ち方をし、どんな生活をしていたのか、また作品の舞台はどこなのか、物語の「背景」とでもいうべきものに思いを馳せることはなかった。彼女の死を知ったときも、これで永遠に新作を読むことはできないのだと寂しく思っただけで終わってしまった。

それが福島を車で旅していたとき、何気なく入った古本屋で彼女の本が並んでいるのを見つけ、懐かしい人に出会ったような気持ちになったのである。未読のエッセイ集もあり、安価だったこともあって、わたしは全部を買い込んで帰ってきた。

まとめて読んでみると、散発的に小説だけを読んでいたときにはあくまで黒子だった作者の姿が、おぼろげながら立ち現れてきた。女性としての自分の思いを、自分自身の言葉で語ろうと苦闘している姿がそこにはあって、そのひたむきさがわたしに作者そのものへと目を向けさせた。そして、しだいに彼女の像が明らかになるにつれて、わたしとの間にいくつかの共通点があることに気づいたのである。

彼女の父母の故郷・沖永良部島は、わたしの夫が生まれ育った島で何度も訪れたところだったし、彼女が幼少期を過ごした青梅は、わたしも一時期住んだことのある土地だった。彼女の長男と同じくわたしの長男も演劇を志し、彼女が小説家としてデビューした『海燕』は、わたしの小説が載ったはじめての文芸誌だった。しかもそのときの年齢は同じく三十九歳である。

単なる偶然と思いながらも、奇妙な縁を感じはじめた矢先だった。今度は、祖母《あじ》の葬儀のため故郷の沖永良部島に帰っていた夫が一冊の本を持ち帰った。

彼女がデビュー前に自費出版したもので、父親の逆鱗にふれほとんど焼却処分されてしまった幻の本である。それを見たとき、わたしは、数々の偶然が単なる偶然を超えて自分を呼んでいるような気持ちにとらわれた。

「私が今とても大切だと思うことは、『継承』ということ。先を歩んだ人から何かを受け継ぎ、あとから来る人に何を伝えていくかということ。タテのつながりだけではない。今という同じ時代に共に生き、それぞれの場所で考えたり行動している人が響き合っていくことも継承だと思う。男の仕事はともすると競い合いになりがちだが、女たちの仕事は小さくても、継承によってより大きな力になっていけると思う」（「デカダンスは男のものである」『女性教養』88・2）

そのとき、わたしの耳には、干刈あがたのそんな声が響いていたのだと思う。

彼女の評伝を書くことで、その遺志を「継承」し、バトンを次につないでいけないか、そんな思いでわたしはこれを書きはじめた。

その思いを受け止め、連載の場を与えて下さったのが、『文芸思潮』編集長の五十嵐勉氏である。

本書は、同誌に五回にわたって連載した「『干刈あがた』私論」に加筆修正して成った。連載中は編集委員の作家集団「塊《かい》」のメンバーや読者の方々からあたたかい励ましをいただいた。

また、肖像写真等の掲載を快く許可して下さったご子息・浅井聡氏のご理解も忘れがたい。

資料収集その他では、干刈あがたコスモス会事務局の毛利悦子氏に多大なお世話になった。

他にも干刈の同級生諸氏や編集者の村田登志江氏はじめ多くの方々から、貴重なご教示をいただいた。

この場を借りて深く感謝の意を表したい。

二〇一〇年　十月

小沢　美智恵

初出掲載誌

故郷の島……………………『文芸思潮』第21号（08・1）
自己犠牲からの脱却…………『文芸思潮』第23号（08・5）
もうひとりの「私」…………『文芸思潮』第25号（08・9）
母と子——それぞれの旅立ち………『文芸思潮』第27号（09・1）
余命とのたたかい……………『文芸思潮』第29号（09・5）

写真提供

干刈あがたコスモス会
『しんぶん赤旗』（52ページ）
平早　勉（カバー・著者近影）

響け、わたしを呼ぶ声

——勇気の人　千刈あがた

二〇一〇年十月二五日第一版一刷発行

著　者－小沢美智恵

発行者－大野俊郎

発行所－八千代出版株式会社

〒一〇一-〇〇六一　東京都千代田区三崎町二-二-一三

ＴＥＬ　〇三-三二六二-〇四二〇

ＦＡＸ　〇三-三二三七-〇七二三

振　替　〇〇一九〇-四-一六八〇六〇

印刷所－新灯印刷㈱

製本所－渡邊製本㈱

＊定価はカバーに表示してあります。

＊落丁・乱丁本はお取り替えいたします。

ISBN978-4-8429-1529-6